OCTAVIO GUEDES
E DANIEL SOUSA

Essa República vale uma nota

Histórias do Brasil na visão de
um impagável colunista de jornal

4ª edição

Copyright © 2019 **Octavio Guedes e Daniel Sousa**
Direção editorial: **Bruno Thys e Luiz André Alzer**
Capa, projeto gráfico e diagramação: **Renata Maneschy**
Revisão: **Luciana Barros**
Foto dos autores: **Marcelo de Jesus**

Dados Internacionais de Catalogação na Publicação (CIP)
(eDOC BRASIL, Belo Horizonte/MG)

S725e

Sousa, Daniel, 1982-.
 Essa república vale uma nota: histórias do Brasil na visão de um impagável colunista de jornal / Daniel Sousa, Octavio Guedes. - Rio de Janeiro, RJ: Máquina de Livros, 2019.
 160 p.: 16 x 20 cm

ISBN: 978-85-54349-15-8

1. Brasil - Política e governo. 2. Crônicas brasileiras. I. Guedes, Octavio. II. Título.

CDD 320.981

Grafia atualizada segundo o Acordo Ortográfico da Língua Portuguesa de 1990, em vigor no Brasil desde 2009

4ª edição, 2023

Todos os direitos reservados à **Editora Máquina de Livros LTDA**
Rua Francisco Serrador 90 / 902, Centro, Rio de Janeiro/RJ - CEP 20031-060
www.maquinadelivros.com.br
contato@maquinadelivros.com.br

Nenhuma parte desta obra pode ser reproduzida, em qualquer meio físico ou eletrônico, sem a autorização da editora

OCTAVIO GUEDES

Ao meu pai, Jackson, um positivista nacionalista que ficou do lado mais digno da história num momento grave da República.
À rainha mãe, Lucy, por me encorajar a rir até nos momentos graves.
À minha irmã, Bartira, que absorveu todo o nacionalismo dos meus pais, livrando-me de ser batizado de Arariboia.
Aos meus filhos, Tito e Caio, por ensinar que paternidade é mais que ordem e progresso. É afeto.
E a Vivi, pela palavra que cortaram da bandeira (quer saber? Lê o livro).

DANIEL SOUSA

Aos meus avós Ary e Maria, que ouviram centenas de perguntas sobre a vida no Brasil do século XX.
Aos meus avós Guilherme e Odete, estrangeiros que me ensinaram que o Brasil é único e apaixonante.
Ao meu pai, Nelson, que já viveu em repúblicas de três continentes, mas segue sendo monarquista.
À minha mãe, Lúcia, que sempre aglutinou nossa família.

Prefácio

Tive a sorte de testemunhar o primeiro encontro entre Octavio e Daniel: um caso de humor à primeira vista.

Toda vez que estão juntos na bancada do "Estúdio I", jornal que apresento na Globonews, dá gosto de assistir a esse embate bem-humorado. Um provoca de cá, o outro rebate de lá e — entre intrigas e indiretas — as notícias são dadas de maneira leve, original e com muita informação. O que eu não podia imaginar é que os dois conseguiriam reproduzir essa deliciosa dinâmica televisiva na obra que você tem em mãos, meu amigo leitor.

Para quem gosta de História ou estória, esse é o livro. Quer rir pra não chorar ou chorar de rir? Bingo!

Tem um filme água com açúcar (sou dessas) que eu adoro: "Feitiço do tempo". Bill Murray interpreta um meteorologista condenado a reviver sempre o mesmo dia, com praticamente o mesmo enredo, no mesmo cenário. Uma surra de *déjà vu*! Ao mergulhar no túnel do tempo que esse livro nos propõe, tive a impressão de ter caído justamente numa prisão temporal... É impressionante como o Brasil de hoje se escancara no passado (ou seria o contrário?).

Para o pessimista que esbraveja que nunca o Brasil esteve tão mal ou para o otimista que tem certeza de que daqui pra frente tudo vai ser diferente, a fictícia coluna de jornal que nos reconta a história real de nossa República deixa a lição: já vimos esse filme antes (muitas vezes!) e ninguém (ou todo mundo) tem razão. Fico com a reflexão com que Ariano Suassuna nos brindou: "O otimista é um tolo. O pessimista, um chato. Bom mesmo é ser um realista esperançoso".

A mágica de "Essa República vale uma nota" é nos deixar com esperança, com um sorriso nos lábios, apesar dos pesares. Só quem gosta muito do Brasil poderia encarar os nossos velhos fantasmas com tanta picardia. Só dois grandes contadores de causos transformariam os últimos 130 anos de história numa leitura que passa voando!

Maria Beltrão

P.S.: Sempre me perguntam na rua se Guedinho e Daniel se odeiam ou se amam. Não pensem que esse livro vai pacificar a questão. O zum-zum-zum que corre é que os dois fazem questão de sentar separados na noite de autógrafos.

Apresentação

Este não é um livro de história, mas de estorinhas sobre a história. E por que, assim, no diminutivo?

Porque são contadas em pílulas pelo olhar de uma fictícia coluna de jornal, nascida ainda no Império e que sofre das mesmas imperfeições, fraquezas e máculas da República. Mas deixemos um pouco de lado o caráter (ou a falta de) da coluna e voltemos ao assunto. As estorinhas...

Preguiça de fazer textos longos? Errou. Não há nada mais trabalhoso do que resumir a vida em poucos toques. É prazeroso para quem lê, mas árduo para quem escreve. Cada coluna é uma obra de arte e tentar contar mais de um século de história desta forma é uma maneira de homenagear quem, de modo bem mais brilhante do que esse livro, nos brindou ou ainda brinda com esse jeito especial de fazer jornalismo. De contar a História no formato de estorinhas, com todos os seus bastidores.

Agora, voltemos ao caráter da coluna. Ela é, em essência, injusta. Porque o único critério utilizado para a escolha dos episódios de cada presidente foi justamente não ter critério algum. Aliás, critério até que existe. Fomos atrás dos fatos que consideramos mais saborosos, os que geralmente são desprezados no ensino tradicional sobre a formação de nossa pátria. Mas são acontecimentos, todos verídicos, que não escapariam ao olhar sagaz, maldoso e atento de um colunista. Em resumo, não nos interessa a política com P maiúsculo, mas sim o nhe-nhe-nhem.

Seria impossível para a coluna entender, sem a ajuda de alguém, a história de nossa República, capaz de ser ao mesmo tempo irritante e apaixonante. Por isso, ela conta com o auxílio de Dona Cassandra, uma vidente que fazia ponto no Largo da Carioca, no Centro do Rio de Janeiro. Mas ninguém acreditava nela. Nem a coluna. Simplesmente porque nossa história, muitas vezes, é inacreditável.

O Brasil é um gigante que quanto mais muda, mais permanece igual. Não é à toa que aquele que se apresenta como o novo na política, invariavelmente, é o velho com botox. Vide o parto da própria República, que nasce das mãos de um fiel monarquista, um admirador de Pedro II.

O governo Deodoro, aliás, é um showroom do que será nossa República. Todas as virtudes, mas principalmente as mazelas do século vindouro, estão ali. Afinal, nesta terra, a história não se repete apenas como farsa, mas especialmente como destino. Luta contra a corrupção, o fantasma do comunismo, o discurso contra a velha política, conspirações de vices e, mais recentemente, impeachments, governos gastadores substituindo governos austeros substituindo governos gastadores, governos democráticos substituindo governos autoritários substituindo governos democráticos...

O leitor, a esta altura, nem mergulhou nas páginas e já se arrependeu. "Comprei um livro com complexo de vira-lata!". Ledo engano. Qual graça teria contar uma história recheada de heróis, de revoluções bem-sucedidas, de notáveis de capa e espada? Como fazer graça dos homens públicos? O que seriam dos colunistas, chargistas e humoristas?

Gostamos do Brasil como ele é. O mínimo que esta nação pode nos dar é a capacidade de rir de nós mesmos. Esperamos que, ao ler, você tenha o mesmo prazer que experimentamos de contar essa história. Ou melhor, essas estorinhas.

Boa leitura!

Linha do tempo

Nem sempre é para frente que se anda

▶ **1888** Abolição da escravidão através da Lei Áurea.

▶ **1889** Proclamação da República: banimento da Família Imperial e formação de um governo provisório chefiado por Deodoro da Fonseca. Primeiras medidas do novo governo: modificação da bandeira nacional, liberdade de culto, separação entre Igreja e Estado, criação do Registro Civil.

▶ **1890** Crise financeira provocada pela emissão desenfreada de papel-moeda.

▶ **1891** Promulgada a primeira Constituição da República. Deodoro é eleito indiretamente presidente da República e Floriano Peixoto, vice. Renúncia de Deodoro, após tentativa frustrada de golpe de Estado com fechamento do Congresso. Floriano Peixoto assume.

▶ **1893** Começa a Revolução Federalista, no Rio Grande do Sul, estendendo-se a Santa Catarina e ao Paraná. Acontece a Revolta da Armada no Rio de Janeiro, com participação de monarquistas. Ao se retirarem da Baía da Guanabara, os rebeldes da Armada unem-se aos federalistas no Sul.

▶ **1894** Eleição do civil Prudente de Moraes para a presidência da República.

▶ **1897** O Arraial de Canudos é destruído por tropas federais. Prudente de Moraes sofre um atentado.

▶ **1898** Campos Salles, idealizador da Política do Café com Leite e da Política dos Governadores, é eleito presidente da República.

▶ **1903** Revolta no Acre contra a Bolívia. Plácido de Castro proclama a independência do Estado e meses depois o território é anexado ao Brasil. Revolta da Vacina no Rio de Janeiro, envolvendo também a insatisfação popular com as más condições de vida e a inflação.

▶ **1906** Convênio de Taubaté: governos estaduais estocam a produção excedente de café para aumentar seu preço.

▶ **1908** Aprovação da Lei do Serviço Militar Obrigatório.

▶ **1909** Morre Afonso Pena. O vice, Nilo Peçanha, assume a presidência. Hermes da Fonseca quebra a Política do Café com Leite ao lançar sua candidatura.

▶ **1910** Hermes da Fonseca é eleito presidente e Venceslau Brás, vice. Revolta da Chibata reivindica melhores condições para os marinheiros da Armada.

▶ **1913** Pacto de Ouro Fino reorganiza a Política do Café com Leite.

- **1914** Eleição e posse de Venceslau Brás.
- **1915** Protestos operários contra a Primeira Guerra Mundial.
- **1916** Criação da Liga de Defesa Nacional.
- **1917** Greve Geral paralisa a cidade de São Paulo. Navios e submarinos alemães atacam navios brasileiros. Em represália, o Brasil declara guerra à Alemanha.
- **1918** Rodrigues Alves é eleito presidente e Delfim Moreira, vice. Gripe espanhola se alastra pelo Brasil.
- **1919** Rodrigues Alves morre de gripe espanhola. Epitácio Pessoa é eleito presidente em nova votação.
- **1922** Motim no Forte de Copacabana. Criação do Partido Comunista, no Rio de Janeiro. Artur Bernardes toma posse na presidência.
- **1924** Eclode em São Paulo outra revolta tenentista contra o governo federal. Tem início a Coluna Prestes.
- **1926** Posse de Washington Luís na presidência. Getúlio Vargas é nomeado ministro da Fazenda.
- **1928** Eleição de Getúlio Vargas para o governo do Rio Grande do Sul.
- **1929** Quebra da Bolsa de Valores de Nova York, que faz o preço do café despencar.
- **1930** Júlio Prestes vence as eleições presidenciais, mas não toma posse por conta da Revolução de 30, que leva Getúlio Vargas ao poder.
- **1931** Cria-se o Ministério do Trabalho, Indústria e Comércio.
- **1932** Novo Código Eleitoral estabelece o voto secreto e o direito das mulheres de votarem e serem votadas. Revolução Constitucionalista de São Paulo: movimento armado busca apressar a reconstitucionalização do país.
- **1933** Instalada a Assembleia Nacional Constituinte, escolhida por voto secreto e com participação do eleitorado feminino.
- **1934** É promulgada a segunda Constituição da República, que incorpora a legislação trabalhista e os recentes aperfeiçoamentos eleitorais. Getúlio Vargas é eleito indiretamente para a presidência da República para um mandato de quatro anos.

▶ **1935** Decretada a Lei de Segurança Nacional. Acontece o levante da Aliança Nacional Libertadora (Natal, Recife e Rio de Janeiro). O governo reprime o movimento e decreta estado de sítio.

▶ **1937** Divulgação, pelo governo, do Plano Cohen. Getúlio Vargas comanda um golpe de estado, com apoio das Forças Armadas e da maior parte dos setores conservadores. Dissolução do Congresso Nacional e outorga de uma Constituição com o início do Estado Novo.

▶ **1938** Tentativa de golpe integralista.

▶ **1939** Início da Segunda Guerra Mundial, com ocupação alemã da Polônia.

▶ **1940** Governo institui o salário-mínimo.

▶ **1941** Fundação da Companhia Siderúrgica Nacional.

▶ **1942** Alemães torpedeiam navios brasileiros e o país declara guerra à Alemanha e à Itália.

▶ **1943** Visita do presidente norte-americano Franklin Delano Roosevelt ao Brasil. É criada a Consolidação das Leis do Trabalho (CLT).

▶ **1944** Participação da Força Expedicionária Brasileira e de um destacamento da Força Aérea nos combates na Itália.

▶ **1945** Getúlio Vargas é deposto por um golpe militar. José Linhares, presidente do Supremo Tribunal Federal, assume interinamente a presidência da República. Eurico Gaspar Dutra é eleito presidente do Brasil.

▶ **1946** Promulgação da quarta Constituição da República.

▶ **1947** O governo Dutra decreta a extinção do Partido Comunista.

▶ **1948** Cassado o mandato dos deputados comunistas.

▶ **1950** Eleições presidenciais diretas, com vitória de Getúlio Vargas.

▶ **1952** Criação do BNDE (atual BNDES).

▶ **1953** Criação da Petrobras.

▶ **1954** O governo concede aumento de 100% aos assalariados. Getúlio Vargas comete suicídio em 24 de agosto.

▶ **1955** Juscelino Kubitschek é eleito presidente da República.

▶ **1956** O governo Juscelino, com base em seu Plano de Metas, empreende diversas realizações desenvolvimentistas.

▶ **1960** Inauguração de Brasília, nova capital do país.

▶ **1961** O presidente Jânio Quadros toma posse em janeiro e renuncia em agosto. Crise institucional: a cúpula das Forças Armadas se opõe à posse do vice João Goulart na presidência. Ato Adicional à Constituição de 1946 institui o sistema parlamentarista.

▶ **1963** Referendo restabelece o sistema presidencialista. Jango propõe as Reformas de Base.

▶ **1964** É deflagrado o golpe civil-militar que afasta João Goulart. O marechal Castelo Branco assume a presidência da República. Ato Institucional suspende direitos políticos de centenas de pessoas.

▶ **1965** Cassação de vários líderes políticos, sindicais e estudantis, com destaque para João Goulart, Juscelino Kubitschek, Jânio Quadros e Leonel Brizola. Após a vitória de candidatos da oposição para os governos estaduais da Guanabara, Minas Gerais e Goiás, o presidente Castelo Branco edita o Ato Institucional nº 2, que extingue os partidos políticos e institui o bipartidarismo, com Arena e MDB.

▶ **1966** Suspensas as eleições para cargos executivos, inclusive deputados e senadores.

▶ **1967** Costa e Silva toma posse como presidente. É promulgada uma nova Constituição Federal, a quinta da República.

▶ **1968** O governo edita o Ato Institucional nº 5, que concede ao presidente da República poderes excepcionais por tempo indeterminado.

▶ **1969** O governo passa a ser exercido, interinamente, por uma junta formada pelos três ministros militares até a posse de Emílio Garrastazu Médici.

▶ **1970** Oposição ao governo se intensifica com guerrilhas na cidade e no campo. Regime endurece com prisões, torturas e censura.

▶ **1972** Inaugurada a Transamazônica, em meio às críticas pela devastação do meio ambiente.

▶ **1973** Médici assina acordo para a construção da usina hidrelétrica de Itaipu.

▶ **1974** Inauguradas a hidrelétrica de Ilha Solteira, a Ponte Rio-Niterói e o metrô de São Paulo. Ernesto Geisel assume a presidência e lança a abertura "lenta, gradual e segura".

▶ **1975** Brasil assina acordo com a Alemanha para entrar na era nuclear.

▶ **1978** Fim do AI-5. Eleição indireta do general João Batista Figueiredo, chefe do SNI.

▶ **1979** Lei da Anistia.

▶ **1981** O governo restabelece eleições diretas para os cargos do Executivo, exceto para presidente da República, prefeitos das capitais e áreas de segurança nacional.

▶ **1982** Realização de eleições diretas para governador, suspensas desde 1966.

▶ **1984** O país se mobiliza por eleições diretas. A campanha Diretas Já reúne multidões, mas a emenda Dante de Oliveira é rejeitada no Congresso.

▶ **1985** Fim dos governos militares e início da Nova República. Em eleições indiretas para a presidência, o candidato da oposição Tancredo Neves é escolhido, mas devido a problemas de saúde não toma posse e morre em abril. Assume o vice, José Sarney.

▶ **1986** Lançamento dos planos Cruzado I e II, destinados a conter a inflação e estabilizar a economia.

▶ **1987** Instalação da Assembleia Constituinte, sob a presidência de Ulysses Guimarães.

▶ **1988** É promulgada a sexta Constituição do período republicano.

▶ **1989** Lançamento do Plano Verão. Fernando Collor de Mello é o primeiro presidente eleito pelo voto direto desde 1960, derrotando Luiz Inácio Lula da Silva.

▶ **1990** Collor lança o Plano Collor I, congelando por 18 meses os ativos financeiros que superassem 50 mil cruzados novos.

▶ **1991** Inflação fica novamente fora de controle. O governo não obtém apoio do Congresso e a crise econômica se aprofunda. É lançado o Plano Collor II.

▶ **1992** Sucessivos escândalos abalam o governo Collor. A inflação volta a crescer. Fernando Collor renuncia à presidência pouco antes de sofrer impeachment pelo Congresso, que o declara inelegível por oito anos. O vice-presidente, Itamar Franco, torna-se presidente efetivo.

▶ **1993** Plebiscito popular opta pelo presidencialismo republicano como sistema de governo. Nova reforma cria o cruzeiro real.

▶ **1994** Lançada uma nova moeda, o real. O ministro da Fazenda, Fernando Henrique Cardoso, candidata-se à presidência da República e vence.

▶ **1997** Governo de Fernando Henrique preocupa-se com a aprovação da emenda para reeleições.

▶ **1998** Fernando Henrique é reeleito e uma nova bancada no Congresso assume em 1999.

▶ **2000** A crise econômica da Argentina e a desaceleração global abalam a economia brasileira.

▶ **2002** Vitória do candidato de oposição Lula à presidência da República.

▶ **2006** Lula é reeleito presidente do Brasil.

▶ **2009** Rio de Janeiro é escolhido sede das Olimpíadas de 2016.

▶ **2010** Entra em vigor a Lei da Ficha Limpa.

▶ **2011** Dilma Rousseff é a primeira mulher a tomar posse na presidência.

▶ **2013** Protestos em todo o país chacoalham a política brasileira.

▶ **2014** Dilma é reeleita. Seu adversário, Aécio Neves, queixa-se de fraude. Tem início a Operação Lava-Jato.

▶ **2016** Dilma Rousseff sofre impeachment e seu vice, Michel Temer, assume.

▶ **2017** Temer balança no cargo após a divulgação de gravações feitas por um empresário.

▶ **2018** O ex-presidente Lula é preso. Jair Bolsonaro é eleito presidente da República.

Proclamação sem convicção

29 DE ABRIL DE 1888

Reino social

O termo *selfie* ainda não foi inventado. Mas Dom Pedro II não está nem aí e segue mundo afora fotografando a si mesmo e a sua família.

Entre 1870 e 1888 ele fez *selfies* em Portugal, Espanha, Grã-Bretanha, Bélgica, Alemanha, Áustria, Itália, Egito, Grécia, Suíça, França, EUA, Canadá, Países Baixos, Dinamarca, Suécia, Finlândia, Rússia, Império Otomano e Terra Santa.

Corre o risco de estar em viagem quando o Brasil decidir dar liberdade aos escravizados.

Dom Pedro II, a família imperial e sua comitiva em viagem ao Egito: é a tal da globalização

13 DE MAIO DE 1888

Ih, aconteceu!

A ausência do imperador na data da abolição, assinada pela sua filha Princesa Isabel, está sendo explorada pelos opositores, especialmente os republicanos. Alegam que o monarca, desde a Guerra do Paraguai, se transformou num turista, desinteressado em governar o Brasil.

O GPS do imperador, seja lá o que isso signifique, marca Milão, na Itália, onde está acamado com pneumonia.

18 DE MAIO DE 1888

Globalização

Sobre as *selfies* do imperador mundo afora, os monarquistas rebatem com outra expressão ainda não inventada: "Mundo globalizado". Como nosso monarca fala (e escreve) fluentemente português, latim, francês, alemão, espanhol, inglês, italiano, grego, árabe, hebraico, sânscrito, chinês, provençal e tupi, garantem que não haverá nos próximos séculos alguém mais qualificado para representar o Brasil. A conferir.

E mais...

Não é só o fato de ser um poliglota que distingue nosso monarca. Ele fala de igual para igual com intelectuais. Veja a lista de amigos em sua rede social: Graham Bell, Charles Darwin, Victor Hugo, Friedrich Nietzsche, Richard Wagner e Louis Pasteur. O imperador se corresponde ou tem encontros pessoais com todos. Como se vê, é um homem notável, com qualificação para assumir qualquer cargo de representação do Brasil no exterior.

Ah!

Só não frita hambúrgueres. Iguaria que já é servida em Nova York desde 1830.

O imperador não tem paz neste fim de século: republicanos se articulam para derrubá-lo do trono

10 DE JUNHO DE 1888

Os infiéis

Sinais vindos da caserna são inquietantes. Militares mais jovens estão empolgados com uma tal "ditadura republicana".
"Amor, ordem e progresso" é o que pregam.

Viés ideológico

Os militares infiéis são influenciados pelo filósofo francês Auguste Comte, pai do positivismo. Ou seja, tem um claro viés ideológico isso aí, tá ok? Digo, tá positivo?
A coluna só não recomenda ao imperador botar as barbas de molho, porque golpe militar e ditadura, assim como *selfie*, rede social e GPS, ainda não foram inventados.

10 DE JANEIRO DE 1889

Fiéis sem farda

A coluna recomenda ao imperador se aproximar de amigos que, sem qualquer dúvida, irão dedicar os melhores anos de suas vidas à Coroa. Entre militares e civis, alguns nomes sugeridos: Deodoro da Fonseca, Floriano Peixoto, Afonso Pena, Rodrigues Alves e até o caçula da tropa, Hermes da Fonseca.
Vida longa à Monarquia!

O melhor amigo

Por falar em amigos, o imperador pode contar, sem pestanejar, com o maior de todos: o marechal Deodoro da Fonseca, herói da Guerra do Paraguai e comandante militar da estratégica província do Mato Grosso. Ele está muito feliz no cargo. E com o imperador.

17 DE SETEMBRO DE 1889

Vaza carta

Quer prova maior de que o Império não está em perigo ou sujeito à traição de militares?
A coluna recebeu de uma fonte anônima uma carta "vazada". Ela foi escrita pelo marechal Deodoro da Fonseca no último dia 13 de setembro e está endereçada a seu sobrinho. Escreveu o oficial: "República no Brasil é coisa impossível porque será uma verdadeira desgraça. O único sustentáculo do Brasil é a Monarquia; se mal com ela, pior sem ela".
Sem o apoio do mais carismático líder do Exército, o movimento republicano jamais prosperará.

Autenticidade

Procurado pela coluna, o marechal Deodoro não quis comentar o vazamento, mas reconheceu a autenticidade de sua fala, morou?

15 DE NOVEMBRO DE 1889

Quem cedo madruga

Deodoro levantou-se cedo da cama, pois está doente com problemas respiratórios. Colocou um revólver no bolso, montou seu cavalo, o menos arredio da tropa, atravessou a rua e...

...antes de contar o desfecho, uma breve interrupção para correções:

Errata 1

Deodoro não estava feliz no cargo de comandante militar do Mato Grosso, como esta coluna noticiou.

Errata 2

Deodoro não estava feliz com o imperador, como esta coluna noticiou.

Errata 3

Deodoro não era tão fiel à Monarquia, como esta coluna noticiou.

Urgente!!!

Sim!!! O golpe militar acaba de ser inventado no país, ao contrário do que esta coluna noticiou.

Confusão

Ninguém se entende na *muy* leal Cidade do Rio de Janeiro.

Uns dizem que Deodoro foi ao Campo de Santana derrubar o gabinete do Visconde de Ouro Preto, e não a Monarquia.

Há testemunhas: quando um soldado bradou "Viva a República", Deodoro não hesitou e deu um tapa no rapaz para cortar o movimento no nascedouro.

Depois de derrubar Ouro Preto, cansado, voltou para a cama.

Fake news

Ninguém dá sossego ao acamado Deodoro.

Um grupo contou ao velho marechal que o substituto de Ouro Preto será Gaspar Silveira Martins.

Revista "Caras e Coroa"

A turma da fofoca aqui da redação informa que Gaspar se tornou inimigo mortal de Deodoro numa disputa amorosa que começou há dez anos, quando o marechal presidia a Província do Rio Grande do Sul. Olho vivo! Cavalo não desce escada.

Explode coração

Os autores da fake news são o jornalista Quintino Bocaiúva e o tenente-coronel Benjamin Constant, ambos líderes do movimento republicano. Eles inventaram tudo isso para fazer Deodoro subir na canoa da República.
E ele subiu. Ao contrário do que a coluna informou, cavalo também sobe escada.

A última que morre

Os monarquistas ainda não perderam a esperança. O povo não participou dessa quartelada e pode decidir pela volta do Império a qualquer momento.

Foi só um manifesto

Um manifesto republicano foi lido na Câmara do Rio de Janeiro. Só falta chamar isso de proclamação da República.

Não foi proclamação

A coluna só acredita em proclamação da República se houver a seguinte cena: um herói montado a cavalo acenando com seu quepe para a tropa em revista.
Isso não ocorreu!

16 DE NOVEMBRO DE 1889

Dia de glória

É oficial: o carcomido Império caiu de podre e foi substituído por um sistema mais moderno e pujante. Agora, sim, caminharemos para o futuro.
A coluna deseja vida longa à República!

AI-0

Às favas com os escrúpulos da consciência.
Urge um Ato Institucional para reescrever a história!
Sugerimos que alguém pinte um quadro com uma cena que não ocorreu, mas que deveria ter ocorrido.
O marechal, do alto de seu cavalo e rodeado de liderados, empunhando sua espada e proclamando a República.

O quadro sugerido pela coluna, com Marechal Deodoro proclamando a República, montado a cavalo, foi pintado em 1893 por Benedito Calixto. Os livros didáticos agradecem

O povo fala

Para dar legitimidade ao novo regime, acordou-se que a República é provisória e a mudança definitiva terá que ser chancelada por um plebiscito.

Loucura

A vidente Cassandra, que faz ponto no Largo da Carioca, veio à redação aos gritos: "Militares gostam de transições lentas, graduais e seguras. Esse plebiscito só sai no século que vem. Mais precisamente em 1993!!". Todos riram e deixaram a maluca falando sozinha.

17 DE NOVEMBRO DE 1889

Já vai tarde

Dom Pedro II não está mais entre nós. Foi levado para o navio a vapor Parnaíba e depois para o Alagoas, zarpando para o exílio na Europa. Comenta-se que Deodoro não teve coragem de ficar frente a frente com ele. Enviou então o major gaúcho Sólon Ribeiro com uma carta, notificando o imperador para que ele e sua família deixassem o país.
O marechal teria confessado aos íntimos: "Se eu for, o velho chora, eu choro também, e está tudo perdido".

BANCO C

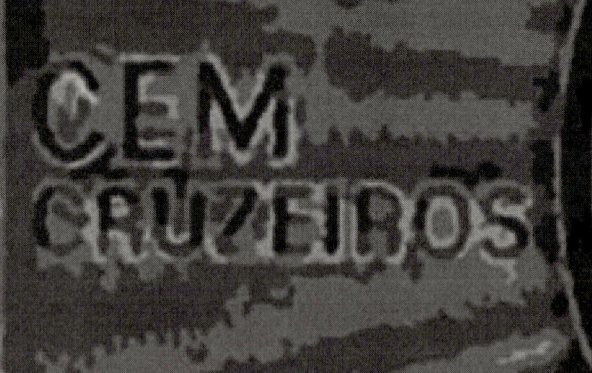

CEM
CRUZEIROS

19 DE NOVEMBRO DE 1889

É o amor

O influente jornalista Lopes Trovão, liderando uma extensa comitiva, apresentou ao presidente do governo provisório a nova bandeira do Brasil.

Não é o amor!

A proposta da nova bandeira irritou o Marechal Deodoro, que espinafrou: "Senhores, mudamos o regime, não a pátria! Nossa bandeira é reconhecidamente bela e não vamos mudá-la de maneira nenhuma!".

Essa é a que vale!

Na nova bandeira nacional, serão mantidos o losango amarelo no retângulo verde, substituindo-se as armas da Monarquia por uma esfera celeste, tendo, ao centro, o Cruzeiro do Sul. Ela foi oficializada pelo Chefe do Governo Provisório. A intenção era destacar a expressão "Amor, ordem e progresso". Infelizmente, não houve espaço para a palavra amor. Afinal, não era amor, era cilada, cilada, cilada...

21 DE NOVEMBRO DE 1889

Agradecimentos

Com a proclamação da República, uma mudança agradou especialmente a mestres de cerimônias e estudantes: a redução drástica dos nomes dos líderes da nação.
Pedro II tinha 17: Pedro de Alcântara João Carlos Leopoldo Salvador Bibiano Francisco Xavier de Paula Leocádio Miguel Gabriel Rafael Gonzaga de Bragança e Bourbon.
O novo mandatário, apenas três: Manuel Deodoro da Fonseca.

23 DE NOVEMBRO DE 1891

Extra! Extra!

Deodoro acaba de renunciar. Bem que o moço previu que a República seria uma desgraça.

E agora?

O vice Floriano assumiu e, pela constituição, deve convocar novas eleições. A vidente reapareceu na redação, aos gritos: "Ele vai ficaaaar! Essa República não gosta de eleição."

30 DE NOVEMBRO DE 1891

Glossário da República

Nossa República ainda é uma criança, mas já incorporou ao repertório político expressões bem estranhas, que tendem a desaparecer com o amadurecimento do regime. Para preservar a memória, esta coluna criou o primeiro glossário de termos republicanos ameaçados de extinção.

• **Governar por decreto** – Não foi para isso que fizemos a República, mas Deodoro ignorou o Parlamento e governou por decreto, como se fosse um reizinho todo poderoso. Imagina se no século XXI alguém vai saber o que é governar por decreto.

• **Pacote econômico** – Nome estranho, mas é um conjunto de medidas que o presidente decreta e muda tudo na economia do país da noite para o dia. No governo Deodoro, foi lançado um pacote tão estranho que o povo passou a chamá-lo de Encilhamento. Imagina se no século XXI alguém vai saber o que é pacote econômico.

• **Congresso como vilão** – Todos sabemos que Deodoro foi um presidente desgostoso com o cargo, com o novo regime e até com o próprio Exército. Mas birra mesmo ele tinha com o Congresso. Não demorou nem um ano no poder e já reclamou: "Impossível governar com este Congresso. É mister que ele desapareça para a felicidade do Brasil". Imagina se no século XXI algum presidente vai usar este tipo de retórica contra o Parlamento.

• **Impeachment** – É uma palavra que apareceu na boca de parlamentares durante o governo Deodoro, mas a coluna crê que essa ideia não terá futuro. Em primeiro lugar, porque palavras estrangeiras ficarão cada vez mais *démodé* com o avanço da República. A segunda razão da certeira extinção deste vocábulo é pela própria ideia que o impeachment carrega: tirar do poder um presidente que, Deus queira, num futuro breve será eleito diretamente em eleições livres e limpas. Imagina se no século XXI alguém vai falar em impeachment.

- **Fechar o Congresso** – Mais uma vez, não foi para isso que proclamamos a República. Descontente com uma lei aprovada que permite o impeachment de um presidente, o velho Marechal mandou fechar o Congresso Nacional. Com o fechamento, o almirante Custódio de Melo ameaçou bombardear o Rio de Janeiro. Imagina se no século XXI alguém ousará sugerir o fechamento do Congresso ou bombardear o Rio.

- **Vice golpista** – *"Verba volant, scripta manent"* (As palavras voam, os escritos permanecem). E por isso deixamos aqui este registro: Floriano se considerava um vice decorativo. Nunca fora chamado para discutir formulações econômicas ou políticas do país; sentia-se um mero acessório, secundário, subsidiário. Por isso, teria conspirado para a renúncia de Deodoro. Imagina...

...ei, alguém falou em renúncia? Varre, varre, vassourinha, para o depósito de ideias lúgubres esse gesto tresloucado de Deodoro! Imagina se isso vira moda! Não foi para isso que proclamamos a República.

23 DE ABRIL DE 1892

Habeas corpus

Está cada vez mais pesado o clima entre o "vice-presidente em exercício" da República e os ministros do STF.

Após as prisões ordenadas por Floriano Peixoto serem revogadas pela corte em atendimento às impetrações realizadas pelo Dr. Ruy Barbosa, o "vice-presidente em exercício" declarou: "Se os ministros *(do STF)* concederem ordens de habeas corpus contra os meus atos, eu não sei quem amanhã lhes dará habeas corpus de que, por sua vez, necessitarão".

De um gaiato que a tudo observa: "Só faltou dizer que bastava um cabo e um soldado para fechar o STF".

24 DE AGOSTO DE 1892

Morreu Deodoro

Morreu de dispneia, na data de ontem, o primeiro presidente dos Estados Unidos do Brasil. Amargurado com o poder, com as

forças armadas, com a vida e talvez também pela traição ao amigo Dom Pedro II (por uma fofoca), deixou recomendação expressa para ser enterrado em trajes civis.
Nossos sentimentos e respeitos à família.

15 DE NOVEMBRO DE 1892

Acabou a mamata

Floriano Peixoto se esforça para parecer, cada vez mais, gente como a gente. Para o povo acostumado com o imperador se deslocando em carruagens, é um espanto ver o presidente ir trabalhar de bonde e ainda pagar a passagem do próprio bolso.
Para se parecer cada vez mais gente como a gente, bem que o Marechal de Ferro poderia adotar o lema: "Acabou a mamata!".

28 DE JANEIRO DE 1893

Tosco

Conhecido por sua truculência e grosseria, Floriano Peixoto aprontou mais uma com representantes estrangeiros.
Desta vez foi com o embaixador da França. Ao encerrar sua missão no Brasil, o diplomata pediu uma audiência para despedir-se de Floriano e, em vez do "vice-presidente em exercício", foi recebido por uma ama de leite alimentando um bebê.
Depois da desfeita, o embaixador embarcou furioso para a França.

Antes disso...

Não foi a primeira grosseria diplomática.
Todos lembram que o embaixador dos EUA teve que esperar seis meses por uma audiência para a entrega de suas credenciais. Floriano sempre alegava estar "indisposto" e "sem tempo" para recebê-lo.

Maldade

As desculpas geraram um comentário maldoso na representação americana: *"In Floriano, we don't trust"* (Em Floriano, nós não confiamos).

1º DE MARÇO DE 1894

República confusa

A República brasileira dá sinais de bipolaridade. Acaba de ser eleito Prudente de Moraes.
Sai Floriano Peixoto no próximo dia 15 de novembro, o "vice-presidente em exercício" autoritário, durão, grosseiro e merecedor do apelido Marechal de Ferro.
Entra Prudente de Moraes, homem medroso, hesitante e indeciso. Digno do apelido Prudente Demais.

Se bem que...

Prudência e caldo de galinha não fazem mal a ninguém. Afinal, é a primeira vez que teremos um presidente civil, o que vale dizer, sem a retaguarda militar.
A conferir.

23 DE OUTUBRO DE 1894

A capital

Ter uma capital estadual brasileira batizada com seu nome é uma deferência que nem os imperadores brasileiros conseguiram. Floriano chegou lá. A capital de Santa Catarina vai se chamar Florianópolis, após mais de dez mil mortes durante a Revolução Federalista, incluídas aí inúmeras degolas.
A revolução foi uma guerra civil no Sul do país que misturou monarquistas, republicanos, interesses locais e questionamentos ao poder central.

Imagina...

Como são 20 estados mais o Distrito Federal, se a moda pega e cada presidente virar nome da capital, até Juscelino Kubitscheck terá acabado o estoque de capitais para o presidente da República chamar de sua.

31 DE OUTUBRO DE 1894

Queremismo

Há algo no ar, além dos pássaros de carreira. Muita gente defende a prorrogação do mandato de Floriano.
A coluna não duvida se o Quere-

mismo vingar. Afinal, todos querem Floriano, o presidente do povo.

Tempos estranhos

Mas que a coluna está achando a República estranha, está!
Alguém imagina o Imperador Pedro II esculhambando a Monarquia? Pois bem, Floriano ficou popular por atacar os políticos. Mas ele não é político?
Com o amadurecimento da República, esse truque certamente sumirá.

12 DE NOVEMBRO DE 1894

Jeitinho brasileiro

Um jeito para prorrogar o mandato de Floriano deve haver. Afinal, a gente já aprendeu que na República não se leva a Constituição ao pé da letra, né?
A de 1891, por exemplo, determinava novas eleições em caso de vacância da presidência antes de concluída a metade do mandato, o que aconteceu com Deodoro.
Esse "inconveniente" constitucional foi contornado por Floriano, que gosta de ser chamado e assina os documentos como "vice-presidente em exercício" e não como presidente da República.

14 DE NOVEMBRO DE 1894

Que feio

A coluna ouviu de uma fonte que o "vice-presidente em exercício" está irredutível e se recusa a transmitir o cargo para Prudente de Moraes, amanhã.
Se a malcriação se confirmar, esperamos que seja a primeira e a última vez na história da República que um militar se recusa a transmitir o cargo a um civil.

15 DE NOVEMBRO DE 1894

Vazou

Sabe a última do Floriano? Ele não esperou Prudente de Moraes para a cerimônia de transmissão do cargo. Em vez disso, tomou um bonde, pagou a passagem do próprio bolso e rumou para sua modesta casa no

subúrbio carioca para cuidar das suas roseiras.
Isso dá música: Ah, se as rosas falassem!

Chegou

Sem ninguém para recebê-lo ou buscá-lo, Prudente Demais pediu uma carona ao embaixador britânico para levá-lo ao Palácio do Itamaraty, sede do poder executivo. Bateu à porta e só assim conseguiu entrar no seu novo local de trabalho.

Terra arrasada

Prudente encontrou o palácio do governo abandonado, sem ao menos uma escrivaninha ou cadeira onde pudesse se sentar.
Os poucos armários estavam com as gavetas vazias e, na sala dos fundos, havia jornais velhos, papéis rasgados e garrafas de cerveja vazias.

20 DE NOVEMBRO DE 1894

Anistia

Prudente anunciou um perdão a todos os revoltosos que se rebelaram contra o governo Floriano Peixoto. A anistia será ampla, geral e irrestrita. A linha dura, saudosista dos anos de chumbo florianista, não gostou. Acha o presidente covarde e frouxo.
Anistia, linha dura, anos de chumbo... Esta República está cada vez mais esquisita. Mas a coluna faz votos de que isso seja superado com o andar da carruagem.

30 DE NOVEMBRO DE 1894

Diplomacia

O primeiro presidente civil do Brasil, em vez de recorrer às armas, preferiu o arbitramento internacional de Portugal, no caso da Ilha da Trindade, e da Suíça, no caso do Amapá.
As questões diplomáticas foram resolvidas favoravelmente ao Brasil.

30 DE JUNHO DE 1895

Morre Floriano

Morreu de cirrose hepática, na data

de ontem, o segundo presidente dos Estados Unidos do Brasil, vulgo "vice-presidente em exercício". Apesar dos movimentos Queremista e Florianista, Peixoto sumiu do noticiário depois de deixar a presidência, aparentemente cansado dos salamaleques da política.
Nossos sentimentos e respeitos à família.

12 DE NOVEMBRO DE 1896

Tudo em paz

A coluna afirmou, ainda no governo Deodoro, que vice golpista era algo que não vingaria na nossa República.
Então podemos ficar tranquilos com o vice de Prudente, Manuel Vitorino.

10 DE NOVEMBRO DE 1896

Pedra no caminho

O monarquista Antônio Conselheiro não é a única pedra no caminho do presidente. Ele anunciou que se afastará do cargo em função de outra pedra, instalada em seu rim. No lugar de Prudente, assume o vice, Manuel Vitorino.

Virou piada

O afastamento de Prudente por causa da pedra no rim fez a alegria dos florianistas.
Em tom de chacota, a linha dura brinca: o presidente é, antes de tudo, um fraco.

O presidente, prudentíssimo, se afastou do cargo, sem cair na cova preparada pelos golpistas

13 DE NOVEMBRO DE 1896

Erramos

Ao que tudo indica a coluna errou em sua previsão.
Manuel Vitorino demitiu cinco dos seis ministros de Prudente, mantendo apenas o das Relações Exteriores. Interferiu nas políticas estaduais e está torrando recursos do erário com projetos polêmicos como a compra de um... palácio.

24 DE FEVEREIRO DE 1897

Coisa da monarquia

O vice golpista comprou mesmo um palácio. Fica no Catete, daí o nome, Palácio do Catete.
Foi adquirido de uma família nobre para abrigar a nova sede da presidência, a partir de hoje.
Com o Palácio do Catete, Manuel quer fazer história, sem sair da vida.

4 DE MARÇO DE 1897

Ele voltou

E por falar em vida, sabe quem vai despachar no recém-adquirido Palácio do Catete?
Ele mesmo: Prudente. O vice se movimentou tanto que o dono da cadeira decidiu antecipar sua volta e retornar de surpresa ao poder, agora em março de 1897, apenas quatro meses após seu afastamento.

5 DE NOVEMBRO DE 1897

Bomba, bomba!!!

Prudente sofreu um atentado. Voltaremos a qualquer momento em edição extraordinária!

Edição extraordinária

O atentado ao presidente falhou. Ele está vivo.
A tentativa de assassinato aconteceu no Arsenal de Guerra do Rio de Janeiro, aonde Prudente tinha ido recepcionar os militares que retornavam vitoriosos de Canudos.

A mecânica

O autor é o soldado Marcelino Bispo de Mello. Ele saiu das fileiras em

forma, sacou uma garrucha e atirou no presidente. A arma falhou e ele puxou sua espada, mas acabou acertando e matando o marechal Carlos Machado Bittencourt, ministro da Guerra, que colocou o corpo à frente de Prudente e salvou-lhe a vida.
A coluna antecipa: o soldado Marcelino é da linha-dura.

6 DE NOVEMBRO DE 1897

Marcelino vai falar

Confirmado: o soldado que tentou tirar a vida do presidente é florianista. Acredita que presidentes civis, prudentes e medrosos estão destruindo a República. E que há necessidade de alguém forte como o "saudoso" Marechal de Ferro.
O país aguarda o depoimento de Marcelino para descobrir se existe alguém por trás do crime.

12 DE NOVEMBRO DE 1897

Foi o vice

A coluna está passada. As investigações ordenadas pelo presidente descobriram que o vice Manuel Vitorino é o mandante da complexa conspiração. Ele foi indiciado por envolvimento no crime.

25 DE JANEIRO DE 1898

Marcelino não vai falar

Será impossível esperar a colaboração de Marcelino. Seu corpo foi encontrado na cela, enforcado num lençol.
Prudente decretou estado de sítio e exigiu investigações.

28 DE JANEIRO DE 1898

Não foi o vice

Acabou em pizza: o nome de Manuel Vitorino não foi incluído no despacho final do processo. Tudo por intercessão do próprio Prudente. Suicídio suspeito, presidente interferindo em investigação, inquéritos terminando em pizza... E ainda estamos no terceiro mandato da República.
É cedo para dizer que a gente era feliz e não sabia. Vamos aguardar.

BAN

NA SÉDE DO BANCO DO BRASIL S
ACCORDO COM A LEI N 4635 A D

ESTAMPA
1a
SERIE
417ª

Nº 031724

Começou o toma lá dá cá

10 DE MARÇO DE 1898

O slogan

O governo Prudente de Moraes vai terminando de forma lamentável. O preço do café desce ladeira abaixo, a inflação sobe sem parar, o mil-réis se desvaloriza e o governo gasta descontroladamente.
O próximo presidente tem que entender o que realmente importa: é a economia, estúpido!

Na mosca

De vez em quando, a coluna acerta. Não é que teremos o primeiro presidente da República eleito com um plano econômico na cabeça? É real. Campos Salles sucederá a Prudente de Moraes.

Entreguista

Campos Salles voltou a falar de economia. Desta vez, defendeu uma ideia que nunca havia aparecido nestas terras: a privatização. Ele acha que as estradas de ferro devem ser geridas pela iniciativa privada, liberando o Estado para se ocupar das necessidades básicas do povo.
A oposição já achou o mote para atacá-lo: Campos Salles é entreguista e vendilhão.

E mais...

Como se não bastasse cogitar a entrega de nossas riquezas nacionais, como as ferrovias, Campos Salles inaugura a "Era das Perdas Internacionais".
O presidente eleito embarcou para Londres, onde irá negociar com o Banco Rothschild & Sons. Trata-se dos principais credores do governo brasileiro desde o Império.

10 DE JUNHO DE 1898

Acordo

Campos Salles entrou na conversa com os ingleses de forma audaciosa: quer um novo empréstimo e a suspensão do pagamento dos empréstimos anteriores.
É uma resposta às críticas de que seria um capacho dos banqueiros internacionais.

10 DE OUTUBRO DE 1898

Ganhamos...

Terminou a negociação em Londres. A equipe brasileira saiu com o compromisso de um novo empréstimo de 10 milhões de libras, com a suspensão dos pagamentos de dívidas anteriormente contratadas por 13 anos. Daqui a três anos começaremos a pagar, de levinho, apenas os juros.

...e perdemos

Em compensação, o governo brasileiro penhorou as receitas da alfândega do Rio de Janeiro, a joia arrecadatória do governo.
O acordo também prevê medidas de austeridade fiscal, para restabelecer o equilíbrio das contas públicas e de enxugamento de moeda (retirar mil-réis de circulação com a sua queima em cerimônias públicas) para baixar a inflação.
Na falta de um xingamento melhor, os críticos do governo já apelidam o episódio de *funding loan*. Ou empréstimo de consolidação, numa tradução livre.

20 DE NOVEMBRO DE 1898

O nome dele é economia

Aos poucos o país vai conhecendo as ideias do presidente recém-empossado Campos Salles: "Não há lugar para os vastos programas da administração". E completou: "Muito terá feito pela República o governo que não fizer outra coisa senão cuidar de suas finanças".

22 DE DEZEMBRO DE 1898

Nasceu

Para aliviar o clima, essa coluna resolveu publicar uma nota social. Neste fim de 1898, que marcou a eleição de Campos Salles ao governo, temos a satisfação de rememorar o nascimento, em Porto Alegre, de um guri batizado de Luís Carlos Prestes. Foi lá no início do ano, em 3 de janeiro.
A coluna não tem a menor ideia de por que está noticiando a chegada do rebento. Mas, neste momento em que o presidente está sendo acusado de entreguista, lacaio do capital internacional, comandante

da privataria, defensor de arrocho e inimigo dos pobres, a coluna faz votos de que os filhos nascidos sob o regime da República, como Luís Carlos Prestes, tragam lucidez ao debate econômico.

Também nasceu

E por falar em nascimento, acaba de vir ao mundo o toma lá dá cá político.
Funciona assim: Campos Salles apoia as reivindicações das oligarquias estaduais, os coronéis da política.
Em troca, os coronéis da política controlam as bancadas na Câmara e dão apoio ao presidente.

Protesto

O governo não gostou da expressão toma lá dá cá.
O presidente diz que faz política com "P" maiúsculo. A Política dos Estados.
"A verdadeira força política, que no apertado unitarismo do Império residia no poder central, deslocou-se para os estados", afirmou.

Madame Natasha, a professora de português que auxilia a coluna, promete uma bolsa de estudos a Campos Salles. E acha que o nome disso é toma lá dá cá mesmo.

22 DE FEVEREIRO DE 1902

É a mamãe

Campos Salles é uma mãe. Encontrou o país quebrado, com rombo de 44 mil contos, e deixará para o sucessor o cofre abarrotado com 43 mil contos.

É o papai

Se Campos Salles é uma mãe, seu provável sucessor, Rodrigues Alves, é um pai.
Ele tem 13 filhos. Todos com a mesma mulher: a senhora Ana Guilhermina de Oliveira Borges.

À mesa

Convidem para a mesma mesa Campos Salles e Rodrigues Alves. Aliás, nem precisa de convite. Quando vem ao Rio, Rodrigues fica hospedado próximo ao Palácio do Catete, no bairro do Flamengo, e recebe bilhetes para jantares sem casaca com a família do então presidente.

Portanto

A coluna não ficará surpresa se Rodrigues vier a ser eleito presidente do Brasil.

1º DE MARÇO DE 1902

Aconteceu

Os 17 leitores desta coluna não se espantaram com o resultado das eleições: Rodrigues Alves foi eleito com 93% dos votos.
E a turma já começa a pegar no pé dele. O hábito de dormir muito lhe valeu o apelido de Morfeu.

---

6 DE MARÇO DE 1902

Morfeu? Que Morfeu?

Mas que injustiça, hein! Alguém com 13 filhos merece ser conhecido por gostar da cama apenas para dormir?

---

7 DE MARÇO DE 1902

Desculpas

Sobre a brincadeira "Morfeu? Que Morfeu?", a coluna pede desculpas. Rodrigues Alves está viúvo desde 1891, quando tinha apenas 43 anos. Está explicada a vocação para gostar tanto de dormir.

---

16 DE NOVEMBRO DE 1902

Não dorme no ponto

Só duas coisas tiram o sono de Morfeu: a sujeira da capital e as doenças provocadas por ela.
No discurso de posse, ele disse: "O programa do meu governo vai ser muito simples. Vou limitar-me quase exclusivamente a duas coisas: o saneamento e o melhoramento do porto do Rio de Janeiro".

O medo

O presidente está certo. A coluna morreu de vergonha ao tomar conhecimento de que são oferecidas, no estrangeiro, rotas de navio com ligação Buenos Aires-Europa, com

um diferencial: sem escala no Rio de Janeiro.
A fama de pestilenta e suja afasta os imigrantes. Se ainda fosse por medo de um surto de violência no Rio, o que é muito impensável, a coluna até entenderia. Mas por causa de ratos e mosquitos? Francamente...

> 31 DE JANEIRO DE 1903

Máquina enxuta

A República engatinha e, mesmo assim, já decepcionou muita gente. Mas uma coisa tem de bom: governos republicanos não saem criando ministério a torto e a direito para agradar a aliados ou imagina que um problema nacional vai desaparecer pelo simples fato de existir uma repartição pública.
Vejam só: o médico sanitarista Oswaldo Cruz foi nomeado diretor-geral da Saúde Pública. Não criaram um ministério para ele.
Oswaldo ficará subordinado ao ministro de Justiça e Negócios Interiores.
Aliás, a coluna acha estranho essa coisa de Negócios Interiores...

> 6 DE ABRIL DE 1903

Compram-se

A proposta do Doutor Diretor para acabar com a peste bubônica é... comprar ratos da população. O presidente e o ministro deram ok.

País rico é outra coisa

Os "ratoeiros" contratados pelo governo têm como meta recolher 150 ratos por mês. Se atingirem este número, receberão 60 mil-réis. Dá para comprar uma cesta básica e olhe lá. Para incrementar a caçada, o governo vai pagar 300 réis por animal excedente. São três cafezinhos no botequim da esquina.

> 10 DE JUNHO DE 1904

Negócios Interiores

Lembra de nossa implicância com o nome Ministério de Negócios Interiores?
O nome faz sentido. O doutor diretor Oswaldo Cruz teve a ideia de invadir a residência das pessoas para aplicar injeção à força.

As senhoras serão picadas. Mesmo com os maridos ausentes do lar. Safadinho esse doutor.

Decidido a vacinar toda a população, Oswaldo Cruz mandou invadir casas para aplicar injeções à força

25 DE OUTUBRO DE 1904

Deu errado

A República é luz e sabedoria. Graças ao conhecimento científico e à racionalidade, podemos chamar de idiota quem acredita ser plana a terra. Mas não é que tem gente espalhando fake news sobre as vacinas do Doutor Diretor?

Estão dizendo que a vacina faz as pessoas amanhecerem com cara de bezerro. E tem gente que acredita, curte e compartilha a mentira. Cruzes...

Maldade

Além disso, estão circulando muitos boatos sobre abusos.
Os vacinadores estão levantando as roupas das mulheres para aplicar a vacina.
Isso não vai acabar bem.

12 DE NOVEMBRO DE 1904

Acabou mal

O Rio vive, neste momento, um quebra-quebra nas ruas. É a Revolta da Vacina.
O motivo, a coluna havia antecipado: invasão de residências para vacinação à força, medo de virar bezerros após receber a dose, maridos com ciúmes de picadas... Isso tudo o povo aguentou.
Mas aumentar a passagem do bonde aí é demais.
Não foi por falta de aviso.

ESSA REPÚBLICA VALE UMA NOTA

15 DE NOVEMBRO DE 1904

Quartelada

Para piorar a situação do governo, um grupo de militares enxergou na confusão uma oportunidade de derrubar Rodrigues Alves. O seio da sublevação está na escola militar da Praia Vermelha, na Urca.
O presidente, ao saber dos fatos, foi enfático: "Só morto deixo o Catete".

Ela de novo

No meio de tanta confusão, a vidente Cassandra, amiga da coluna, reapareceu na redação para sugerir uma mandinga.
Coloquem meio copo de água sobre o criado-mudo e tampem com um guardanapo. Na parte de cima do papel, escrevam a frase de Morfeu: "Só morto deixo o Catete".
No verso, escrevam o nome de um dos militares rebelados: Eurico Gaspar Dutra.
Ela garante que a simpatia é tiro e queda: no futuro evitará tragédias maiores na República.

Eurico quem?

A coluna é positivista, republicana, cientificista e não crê em mandingas. Não faremos qualquer simpatia e nada de ruim acontecerá!
Aliás, nem sabemos quem é esse tal de Eurico Gaspar Dutra.

16 DE NOVEMBRO DE 1904

Golpe debelado

Forças do governo sufocaram a tentativa de golpe de estado apoiada pelos jovens militares da Praia Vermelha. Entre os participantes do motim estava esse jovem oficial chamado Eurico Gaspar Dutra. O coitado estragou sua carreira militar por conta de uma aventura.
A coluna faz votos e acredita que nunca mais um presidente dirá que "só morto deixo o Catete".

27 DE OUTUBRO DE 1906

Parece carnaval

Os ratoeiros circulam sem descanso pelas ruas da cidade.
Munidos de armadilhas, veneno e

potes com creolina, anunciam sua chegada com uma pequena corneta e logo atraem uma multidão interessada em vender ratos.
É muita gente vendendo rato.
Há algo no ar, além do 14-bis de carreira!

A AUTHENTICIDADE DOS RATOS

O comércio de ratos movimentou a economia do Rio de Janeiro. Mas as ratazanas graúdas não sumiram

1º DE NOVEMBRO DE 1906

Rato paraguaio

A coluna sempre desconfiou da quantidade de ratos vendidos para o governo. Cariocas, com seu senso de oportunidade apurado, aproveitam para levar vantagem. Currais de criação foram descobertos e até "importação" de Niterói está ocorrendo. Mais: entre os animais incinerados no Desinfectório Central estão alguns feitos de papelão e cera. E imaginar que esta República veio ao mundo para acabar com as ratazanas.

Perguntar não ofende

Acaba de ser divulgado o número oficial de 1,6 milhão de ratos incinerados nos quatro anos da gestão Rodrigues Alves. São inegáveis os avanços na redução de casos das doenças combatidas.
Mas... quem contabilizou o número de ratos com tamanha paciência?

15 DE NOVEMBRO DE 1906

Café com Leite

Pela primeira vez, a República conhecerá o jeitão mineiro de governar. Afonso Pena, ex-presidente de Minas Gerais, sucederá a Rodrigues Alves. Era o leite que faltava nessa República do Café.

Por falar nisso...

Que estranho chamar de "presidente do estado". Por que não chamamos logo de governador, como nos EUA?
A resposta é... não sei!

16 DE NOVEMBRO DE 1906

Ser presidente mineiro é...

...adorar mudar a capital de lugar.
Afinal, o ponto alto da gestão de Afonso Pena à frente do governo de Minas foi a transferência da capital do estado de Ouro Preto (Vila Rica) para a novíssima e planejada Belo Horizonte.
Será que essa mania mineira ameaça o Rio?
Não, diz a coluna. Sim, diz a vidente Cassandra.

17 DE NOVEMBRO DE 1906

Ser presidente mineiro é...

...jogar em todas as posições.
Afinal, o republicano Afonso Pena sempre foi monarquista.

Fez parte do gabinete do Imperador D. Pedro II como ministro da Marinha, da Guerra, dos Transportes, da Agricultura e da Justiça.

28 DE MAIO DE 1909

Ser presidente mineiro é...

...deixar o país em sobressalto com suas doenças.

1º DE JUNHO DE 1909

Doente

O presidente Afonso Pena está com pneumonia. A coluna torce pela sua plena recuperação.

14 DE JUNHO DE 1909

Pêsames

É com profundo pesar que a coluna cumpre o doloroso dever de informar que o primeiro mineiro a ocupar o posto mais alto da presidência sairá do Catete morto por complicações da pneumonia que o acometeu.

Circula nos corredores do poder a teoria de que o passamento precoce do presidente teve relação com uma fragilidade imunológica desenvolvida após uma briga com seu ministro da Guerra, Hermes da Fonseca.

Como foi a briga

Hermes exigiu que fosse o candidato do governo, mas o escolhido de Afonso era seu ministro da Fazenda, Davi Campista.
Ao receber a notícia, Hermes jogou a espada sobre a mesa e disse que seria candidato à revelia do presidente.

16 DE JUNHO DE 1909

E o Nilo, hein?

O vice-presidente, Nilo Peçanha, que assumirá a cadeira de Afonso Pena, jogou lenha na fogueira: "Pessoas próximas ao presidente da República afirmam que o desgosto de não ter conseguido fazer seu sucessor e ainda ser obrigado a concordar com a candidatura de Hermes da Fonseca, seu ministro da Guerra, lhe encurtaram a vida".

17 DE JUNHO DE 1909

Vem o novo

O álbum do segundo reinado tinha apenas uma figurinha: um senhor branco de barba branca. Quase um Papai Noel.
Já o da república só veio com figurinhas repetidas.
Até agora, tudo quanto é presidente é branco, velho, rico e bacharel em direito.
Mas Nilo Peçanha, que assumirá no lugar de Afonso Pena, não é figurinha repetida. É uma figuraça.

Não é branco

Nilo é mulato.
Inclusive, seus futuros sogros recusaram conceder-lhe a mão de Anita por causa da cor da pele.
O casamento só se consumou porque a noiva fugiu de casa para viver com uma tia e, assim, poder se casar com Nilo.
Até hoje a sogra não se dá com o casal.

O presidente Afonso Pena, que sempre gostou de ficar cercado de jovens, não concluiu seu mandato: morreu e deu lugar ao vice, Nilo Peçanha, que por sinal é... jovem

Não é velho

Nilo tem 41 anos. Não chega a ser surpreendente, uma vez que Afonso Pena só se cercava dos jovens.

Não é rico

Nilo é filho de Sebastião da Padaria, um pequeno comerciante de Campos, no interior do Estado do Rio. O futuro presidente costuma dizer com orgulho que aguenta as adversidades que se avizinham, pois foi criado com "pão dormido e paçoca".

2 DE JULHO DE 1909

Racismo

O novo presidente já escolheu o lema de seu governo: "Paz e amor". Quem não quer saber de paz e amor são seus adversários. Nilo vem apanhando muito por ser mulato. Como se não bastasse ser ridicularizado nas charges, ainda é acusado de branquear seu rosto com maquiagem para disfarçar sua verdadeira origem e cor de pele. O presidente promete dar uma

resposta aos críticos. Será no estilo Nilinho Paz e Amor?
A conferir.

6 DE AGOSTO DE 1909

Resposta

A resposta de Nilinho Paz e Amor não será, por óbvio, raivosa.
O presidente quer inovar no jeito de fazer política. Vai sair dos gabinetes para discursar nas ruas, conversar com o povo, trocar ideias com gente comum.

30 DE AGOSTO DE 1909

Slogans

Nas esquinas da capital, o novo jeito de fazer política está sendo chamado de nilismo.
A vidente Cassandra, amiga da coluna, apareceu na redação para sugerir alguns slogans: Nilo, pai dos pobres. Ou Nilo populista. Ou Nilo lá!
Disse que o nilismo veio para ficar e, se as expressões não forem usadas agora, serão copiadas no futuro e farão muito sucesso.

1º DE MARÇO DE 1910

Urucubaca

Depois de Deodoro e Floriano, a República se prepara para a posse do terceiro presidente militar: Hermes da Fonseca.
A coluna aposta: o homem que derrotou Ruy Barbosa entrará para a história como um dos melhores presidentes. Afinal, o sangue da República corre em suas veias. Ele é sobrinho de Deodoro.
Já seus difamadores acreditam que no futuro será conhecido como o pior presidente da história, o presidente Urucubaca.
Explica-se: Hermes é uma espécie de Midas ao avesso. Tudo que ele toca, vira...

30 DE SETEMBRO DE 1910

Xô, urucubaca!

Para evitar a fama de ter falta de sorte (nossos editores evitam aquela palavra com quatro letras), Hermes da Fonseca aproveitará a transição para viajar. Acredita que os ares além-mar lhe trarão boas energias.

Na Europa, nosso presidente irá se apresentar a reis e à elite europeia. O ponto alto do rolé será a visita ao Rei Manuel II, de Portugal.

2 DE OUTUBRO DE 1910

Votos

A coluna faz votos de que a visita ao rei, agendada para amanhã, dê uma bafejada de sorte no nosso presidente Urucubaca.
A coluna estende os votos ao Rei Manuel II. Felicidade, fortuna e boa estrela a ambos.

5 DE OUTUBRO DE 1910

Extra, extra!

Gente! Parem as penas... Lembra do encontro de Hermes com o Rei D. Manuel II, uma espécie de pajelança da sorte?
Pois bem. O Rei Manuel II caiu e está sendo deportado neste momento.
A recepção ao presidente brasileiro com um jantar de gala, anteontem, foi seu último evento oficial.

Repetindo: o monarca foi visitado pelo presidente Urucubaca e caiu! Alguém precisa urgentemente cunhar a frase: "Que Deus tenha misericórdia dessa nação".

15 DE NOVEMBRO DE 1910

Bons fluidos

O homem da Urucubaca tomou posse! A coluna faz votos de que seus dias de falta de sorte tenham ficado para trás.

O marechal Hermes da Fonseca toma posse. Por via das dúvidas, pé de pato, mangalô três vezes

22 DE NOVEMBRO DE 1910

Deus nos ajude

A má sorte do presidente já deu o ar da graça. Marinheiros revoltosos tomaram navios de guerra da armada e estão apontando seus novíssimos canhões em direção ao Rio de Janeiro.

26 DE NOVEMBRO DE 1910

Acabou

A revolta dos marinheiros contra maus-tratos acabou com a promessa do fim dos castigos corporais e a anistia aos revoltosos.
Melhor assim.

29 DE NOVEMBRO DE 1910

Mentiu

O governo mentiu. Marinheiros a quem havia prometido anistia foram deportados para os estados de origem ou encarcerados na Ilha das Cobras.
A coluna espera que a história faça justiça a esses habilidosos marinheiros que impressionaram até oficiais estrangeiros com a desenvoltura com que circularam pela Baía de Guanabara durante a revolta.

10 DE FEVEREIRO DE 1912

Lá vai o barão

É com imenso pesar que a coluna informa a morte do Barão do Rio Branco.
O Brasil está imerso em grande tristeza, mas daqui a sete dias tudo acabará em samba: o carnaval vem aí.

12 DE FEVEREIRO DE 1912

Folia em dobro

Parece boato, mas é verdade. O presidente Hermes decretou luto pela morte do Barão do Rio Branco e adiou o carnaval para 6 e 7 de abril.
Cumpra-se? Lógico que não. Advertimos que, pela primeira vez, corremos o risco de ter dois carnavais: em fevereiro e em abril.

ENGAGE THE
DJ BRAIN

Vamos prestar atenção nos vices

20 DE FEVEREIRO DE 1912

Marchinha

E não é que a ideia maluca do presidente Urucubaca virou marchinha?
Com a morte do Barão
Tivemos dois carnavá
Ai que bom ai que gostoso
Se morresse o Marechá.

27 DE JUNHO DE 1912

Economia

A urucubaca do presidente está contaminando até a economia. A coluna lista seis razões da má fase atual:
1 - Depois de 13 anos, o governo volta a pagar a dívida externa.
2 - O látex brasileiro está perdendo mercado para o produto das colônias britânicas na Malásia.
3 - O mercado de café dá sinais de excesso de oferta com a consequente queda do preço internacional.
4 - Os investimentos estrangeiros escassearam.
5 - As reservas em moeda estrangeira minguaram.
6 - A capacidade do Brasil de importar bons produtos estrangeiros desapareceu.
A coluna para por aqui porque o número 7 não traz bons agouros.

13 DE JULHO DE 1912

O vice

A coluna vai conhecendo, aos poucos, as manhas da República. Já é possível cravar que ela produz dois tipos de vice:
Os que vivem de olhos bem abertos, porque sonham deixar de ser vices.
E os que vivem de olhos fechados, porque só querem paz, sombra e água fresca.

E por falar em vice...

O vice do Marechal Urucubaca se encaixa no segundo modelo. Venceslau Brás só quer saber de descanso e de pescar em sua fazenda em Itajubá, Minas Gerais.
Pelo menos nesse ponto o presidente Hermes tem sorte.

31 DE JULHO DE 1912

Mais uma

Sabe a última do presidente? Estava doente e acamado, quando recebeu a visita de Pinheiro Machado, num quarto escuro e abafado. O senador disse:
— Assim vossa excelência não se cura, presidente.
— Por quê? — perguntou Hermes.
— Porque vossa excelência fica aí com estas janelas hermeticamente fechadas.
Meses depois, o presidente retribuiu a visita ao senador, também doente e de cama:
— Assim o senhor não se cura, senador.
— Por quê?
— Porque o senhor fica aí com estas janelas pinheiristicamente fechadas.

17 DE AGOSTO DE 1912

Invalidez

Quando o assunto é saúde, não podemos deixar de lamentar o ocorrido com Epitácio Pessoa, ex-ministro do Supremo Tribunal Federal.
Uma crise de vesícula o forçou a uma delicada operação na Europa. Epitácio foi aposentado do STF por invalidez.
Sim, amigos da coluna: por invalidez.

Que pena

A coluna sempre apostou que Epitácio seria um excelente quadro para a presidência da República, mas aposentadoria por invalidez é assunto sério.
Epitácio jamais voltará a ocupar um cargo público neste país.
A coluna é só lamento.

22 DE AGOSTO DE 1912

Alto lá!

Maledicentes têm espalhado que sonhar com o presidente Hermes é batata. Basta jogar no burro e ir buscar o dinheiro na banca.
A polícia quer tirar o asno das opções da aposta.
O nome disso é... burrice.

Não é à toa

O presidente Hermes já não governa mais.
Quem manda e desmanda neste país é o senador Pinheiro Machado. Numa conversa com Venceslau Brás, seu vice, Hermes derramou elogios ao político:
— Venceslau, o Pinheiro é tão bom amigo que até governa pela gente.

30 DE NOVEMBRO DE 1912

Tristeza

É com imenso pesar que comunicamos a morte da primeira-dama, dona Orsina.

8 DE DEZEMBRO DE 1913

Chega de luto!

É com imensa alegria que comunicamos que o presidente Hermes da Fonseca não ficará muito tempo viúvo.
Em pouco tempo, se casará com a jovem Nair de Teffé.
E bota jovem nisso: a diferença de idade entre os dois é de 31 anos.

O casal oficializa o noivado na data de hoje.

7 DE JANEIRO DE 1913

Bueno...

A coluna é liberal em economia e conservadora nos costumes. E não aprova o casamento. Bem como os cinco filhos de Hermes, que não compareceram à cerimônia.
Que peninha de um país cuja primeira dama é bela, avançada e do bar.

Nem bem enviuvou, o presidente Hermes da Fonseca casou de novo, com a avançada Nair de Teffé

Conversa de bar

Muitos perguntam as razões da implicância da coluna com Nair de Teffé.
Como se não bastasse frequentar o bar do Jeremias, como se homem fosse, ela anda a cavalo, como se homem fosse, e já trabalhou como cartunista, como se homem fosse.
Isso não é progresso. É falta de ordem.

1º DE MARÇO DE 1914

Surpresa

Lembram do vice que não queria saber de nada? Pois bem. Foi eleito o novo presidente do Brasil.
E a piada já vem pronta. Segundo o jornalista Emilio de Menezes, Venceslau é moço de sorte: "É o primeiro caso que conheço de promoção por abandono de emprego!".

1º DE NOVEMBRO DE 1914

Desafinou

Os homens de bem desta República não sabem o que pensar com a mais recente afronta à tradicional família brasileira.
Nair de Teffé tocou violão dentro do palácio presidencial. E com um agravante: executou um maxixe, o insolente "Corta-jaca", de Chiquinha Gonzaga.
Mais vulgar e populacho, impossível.

7 DE NOVEMBRO DE 1914

Reação

Do alto da tribuna, Ruy Barbosa foi didático ao explicar a Hermes o que vem a ser o "Corta-jaca": "É a mais baixa, a mais chula, a mais grosseira de todas as danças selvagens, a irmã gêmea do batuque, do cateretê e do samba".
O presidente pensou que a família brasileira e os homens de bem não reagiriam a tamanha afronta? É Ruy, hein!

15 DE NOVEMBRO DE 1914

Xô, Hermes!

São Paulo e Minas, este berço de Venceslau, voltaram a se unir para felicidade geral da nação.

A política do Café com Leite é a certeza de que não teremos na República novas surpresas desagradáveis como Hermes, um militar bronco e tosco. O pacto de Ouro Fino, assinado no ano passado, garantirá transições tranquilas como essa que leva ao poder na data de hoje o Sr. Venceslau Brás. Ufa!

3 DE DEZEMBRO DE 1914

Mais palácios

E não é que a República gosta mesmo de palácios?
Depois do Catete, agora é a vez do Palácio Guanabara. Venceslau e família irão se mudar para a antiga residência da Princesa Isabel e do Conde d'Eu.

Justiça lenta

Aliás, o referido imóvel é alvo de uma disputa judicial iniciada em 1895 pela Sra. Princesa Isabel, que até hoje vive exilada na França, reclamando a propriedade do Guanabara.
E pasmem: a ação foi impetrada em 1895 e até hoje, decorridos quase 20 anos, não foi julgada.
Dona Cassandra colocou a cabeça na janela da redação e berrou um palpite para o bicho: Cachorro! Registrem aí o 2019!
Perguntamos o porquê do milhar e ela respondeu: esse caso só será julgado em 2019!
Imagina se a Justiça nessa República será tão lenta...
A coluna adverte: Justiça lenta não é Justiça.

7 DE DEZEMBRO DE 1914

Escaldado

Conhecido por seu jeito arredio e isolado, Venceslau já tomou sua primeira decisão como morador do Palácio Guanabara: vai cercar a propriedade com muros.
Tem medo de um ataque armado.

20 DE DEZEMBRO DE 1914

Corta pela metade

Venceslau pediu à Câmara que corte seu salário à metade.
A coluna parabeniza o presidente e

acredita que a mensagem irá passar com facilidade. Todos sabem: Venceslau não é lalau.
Austeridade e honestidade, marcas de nossa República!

Opa! Não é bem assim

Gente... não é que o Parlamento aceitou cortar o vencimento do presidente, mas em 20%, e não pela metade?
Em vez de 10 contos de réis, Venceslau receberá 8 por mês.
Parece que a gripe espanhola, que vitima cada vez mais pessoas, vitimou também a vergonha na cara de nossos parlamentares.

26 DE FEVEREIRO DE 1916

Festa 1

Coitado do Palácio Guanabara. Viveu o esplendor do Império e agora é um tédio só. Desde que se mudou para lá, Venceslau só abriu os salões uma única vez.
Promoveu uma festa filantrópica com o objetivo de arrecadar fundos para vítimas do flagelo da seca.

Festa 2

A coluna ficou sabendo que a arrecadação da noite filantrópica foi um sucesso. Se vivo fosse, e vislumbrasse aquela fonte de dinheiro jorrando no Palácio Guanabara, Cabral teria orgulho da nação que criou.

21 DE JULHO DE 1917

O povo unido

Vejam só: agora temos operários promovendo arruaças e anarquia pelas ruas, protestando contra o custo de vida.
O nome do troço: greve geral.
Essa arruaça é só o começo, mas Venceslau está ensinando o ABC de como enfrentar tudo isso: repressão. Assim, com pau no lombo dos vândalos, nenhuma liderança operária vai prosperar na República.

Se bem que...

Venceslau entrará para a história como o primeiro presidente que combateu o que mais gosta de fazer: cruzar os braços.

26 DE OUTUBRO DE 1917

Guerra, sombra e água fresca

Nossos 17 leitores devem lembrar que descrevemos o presidente Venceslau como um vice que sempre só quis paz, sombra e água fresca.
Pois bem. Ele acaba de decretar guerra contra o Império alemão.
A coluna recomenda atenção redobrada, porque cavalo não desce escada.

13 DE NOVEMBRO DE 1917

Que palavra é essa?

Como todo mineiro, Venceslau é muito desconfiado. Seu governo está inundando as ruas com cartazes e o apelo: "Emudeçam as bocas".
A coluna tem dúvidas se o povo sabe o que é "emudeçam".

E mais...

A coluna também tem dúvidas se o Brasil é a prioridade do sistema de espionagem alemão.

1º DE MARÇO DE 1918

Ele vai voltar

A coluna deseja sorte e saúde ao ex-presidente Rodrigues Alves. Ele venceu as eleições e vai voltar para o Catete.
Bota o retrato do velhinho no lugar.
O velhinho nos faz trabalhar.

5 DE NOVEMBRO DE 1918

Nós avisamos

A coluna sempre achou que essa história de industrialização do país, acelerada por conta da Primeira Guerra, não ia dar certo.
Nossa riqueza sempre virá da terra. Dá vontade de berrar no ouvido da República: é o agronegócio, estúpida!

10 DE NOVEMBRO DE 1918

Ponto G

Nosso presidente Venceslau Brás faz o estilo mineiro: é quietinho, mas não é bobo. Vocês acreditam que seu governo descobriu o Ponto G? Guerra, greve e gripe!

16 DE JANEIRO DE 1919

Lamento

É com profundo pesar que a coluna cumpre o doloroso dever de informar a morte do presidente eleito Rodrigues Alves, acometido pela gripe espanhola.

Quem assumirá em seu lugar é o vice Delfim Moreira, que ocupava o poder interinamente desde 15 de novembro de 1918.

Ele tem fama de louco, assim como a vidente Cassandra, que volta e meia aparece na redação.

Por falar nela...

A louca voltou a delirar: "Vice assumir no lugar de presidente eleito por motivo de morte não é República Velha. É nova", disse a vidente.

Até aí morreu neves.

O fato é que Delfim Moreira é o novo presidente do país.

26 DE JANEIRO DE 1919

O que será?

Exclusivo: há uma forte movimentação no Palácio do Catete para uma operação ultrassecreta e sigilosa determinada pelo novo presidente. Batedores e seguranças estão sendo convocados de urgência.

Delfim Moreira está deixando neste momento o Catete protegido por forte aparato.

Parece até uma condução coercitiva.

Por que será?

A coluna ainda não apurou o motivo de operação tão espetaculosa. Vamos tentar resolver o mistério com as melhores fontes da coluna.

16 DE MAIO DE 1919

Homem forte

É cada vez maior o poder do ministro Afrânio de Melo Franco. Ele comanda a pasta de Viação e Obras Públicas, mas manda em tudo.

É dele a decisão de intervir no estado de Goiás e enfrentar com mais repressão as greves operárias.

Delfim, definitivamente, é um poste.

CENTRAL DO BRAS

10,000

E assim surgiram as fake news

22 DE MARÇO DE 1919

Senta...

Além de tudo, Delfim Moreira é um poste biruta.
Nosso todo-poderoso senador Ruy Barbosa pediu uma audiência com o presidente.
Ruy, como sempre muito pontual, chegou na hora marcada ao Catete. O tempo foi passando e nada de ser atendido. Um tremendo chá de cadeira.
Até aí, tudo bem.

...que lá vem...

Acontece que, sentado na antessala do líder da nação, Ruy Barbosa notou um par de olhos na fresta da porta entreaberta do gabinete presidencial. Ao perceber que era notado, a porta se fechava e os olhos sumiam.
O "fenômeno" se repetiu mais duas vezes.

...história!

Irritada, nossa Águia de Haia bateu asas sem ser recebido pelo par de olhos que pertenciam a ninguém mais, ninguém menos que Delfim Moreira.
"Até um louco pode ser presidente da República e eu não", lamentou Ruy.

Não tem explicação

As loucuras e manias do presidente-poste-biruta ainda não têm diagnóstico preciso.
Ninguém entende coisa alguma.
Ele também não explica nada.
É tudo na base do fi-lo porque qui-lo.
Um doido varrido.

25 DE MARÇO DE 1919

Fim do mistério

A coluna finalmente apurou por que Delfim Moreira mobilizou um grande aparato de segurança e deixou o Palácio do Catete de forma espetaculosa, dois meses atrás.
Ele foi na elegante Rua do Ouvidor. Comprou um colarinho branco e voltou.

31 DE MARÇO DE 1919

Outra vez

Adivinha quem será novamente candidato a presidente?
Sim, leitores. Ele mesmo. Ruy Barbosa. A coluna perdeu a conta de quantas tentativas já foram.
Aquela cabeça não pensa em outra coisa!

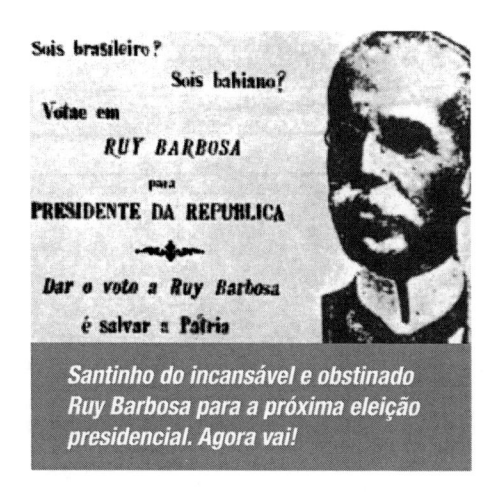

Santinho do incansável e obstinado Ruy Barbosa para a próxima eleição presidencial. Agora vai!

Nem bateu, já levou

Nossa Águia promete explorar na campanha a incoerência de Epitácio Pessoa receber aposentadoria e mesmo assim...
Opa! Pera lá!!! Eu falei Epitácio Pessoa?????

2 DE ABRIL DE 1919

Ele mesmo

A coluna foi checar e não se trata de um homônimo. É ele mesmo: o velho e bom Epitácio Pessoa.

Recordar é viver

Os leitores estão lembrados da última vez em que falamos dele?
Foi em 17 de agosto de 1912, quando, aos 50 anos, por recomendação médica, o então ministro do STF se aposentou por enfermidade.

Túnel do tempo

A coluna pede licença (não remunerada), entra na máquina do tempo e antecipa, em primeira mão, como sua filha, Laurita Pessoa, explicará a mamata numa biografia que ainda está por escrever:
"A saúde combalida pela crise que determinara a extração da vesícula desaconselhava-lhe de modo absoluto um regímen de vida todo sedentário, como era o de Ministro do Supremo Tribunal Federal".

Tô fraco, tô forte

A coluna imaginava que Epitácio estivesse recolhido a uma vida discreta, pacata e cercada de cuidados médicos. E, lógico, com um pomposo salário do erário. Mas apresentamos o currículo do ministro dodói após sua aposentadoria:

- **1916** - Eleito senador da República pelo estado da Paraíba, onde atuou como relator do projeto de Código Civil.
- **1919** - Chefe da delegação brasileira na Conferência de Paz de Versalhes.
- **1919** - Candidato a presidente. Imagina se ainda tivesse a vesícula!

Logo

E a coluna, este tempo todo, imaginando que o ativo, sadio e vigoroso Epitácio Pessoa era um homônimo do enfermo, combalido e alquebrado ministro do STF.

A República precisa dar um basta nos abusos com aposentadorias no setor público.

Reforma da Previdência já!

5 DE ABRIL DE 1919

Mais café com leite

Uma frente ampla se formou para apoiar Epitácio: Rio Grande do Sul, Rio de Janeiro, Santa Catarina, Mato Grosso e Pará.

Mas quem realmente manda nesta República está de fora: São Paulo e Minas.

A coluna alerta que para manter tudo isso aí é necessário um acordão. Com café, com leite, com tudo.

10 DE ABRIL DE 1919

Apertem os cintos

A ausência de apoio de paulistas e mineiros era vista como uma fragilidade de Epitácio, mas, por falta de opção, eles entraram no barco.

O único ausente desta nau é o próprio Epitácio. Está no exterior e foi avisado de sua candidatura por telegrama.

13 DE ABRIL DE 1919

O único

O acordão deu resultado, como era

de se esperar. Epitácio Pessoa acaba de ser eleito presidente do Brasil com 70% dos votos.

Uma proeza para quem não pleiteou o cargo, não fez campanha e sequer votou em si mesmo. Um caso único.

Por falar no presidente eleito, que continua no exterior, ele, de novo, foi avisado por telegrama de sua eleição.

A magia das eleições de 1919: Epitácio Pessoa, que nem sequer votou nele próprio, acabou eleito

16 DE MAIO DE 1919

E tome viagem

O presidente eleito informou que ficará mais dois meses viajando no exterior.

E a gente lembra quando os republicanos pegavam no pé de Pedro II por conta de suas constantes ausências.

Piada real. Aliás, republicana

Quem virou até piada na revista "Careta", em forma de versinho, foi a República:

*O papa que a nossa Pátria
dedica amizade boa,
quando lá for o Epitácio,
vai recebê-lo em pessoa*

3 DE SETEMBRO DE 1920

Viva o rei 1

Não é só o gosto pela viagem que une Epitácio e a Monarquia. Esse republicano adora uma pompa real. Seu governo já reabilitou as condecorações abolidas com a proclamação da República.

Que dúvida!

Está cada vez mais difícil distinguir um republicano de um monarquista. O presidente Epitácio acaba de chamar D. Pedro II de volta: revogou o decreto de banimento da família imperial de 1889.

E ainda determinou a transferência dos restos mortais do último imperador e esposa, que serão depositados num jazigo na Catedral de Petrópolis.

25 DE SETEMBRO DE 1920

Viva o rei 2

Como todos sabem, o poderoso Rei Alberto da Bélgica está entre nós, em visita oficial.

E não é que nosso presidente quer obrigar seus ministros a usar honrarias reais presenteadas pelo visitante?

Peitos republicanos cobertos por ornamentos reais. Inaceitável.

30 DE SETEMBRO DE 1920

Viva o rei 3

São cada vez mais frequentes as charges retratando nosso presidente vestido com o manto, cetro e olhar altivo digno das monarquias. A coluna pergunta: qual é o republicano mais monarquista que você já conheceu, Deodoro ou Epitácio? Cartas para a redação.

5 DE FEVEREIRO DE 1921

Viva o rei 4

Nosso presidente também gasta como um rei.

Imagina só: ele quis porque quis introduzir o Rio de Janeiro na era dos grandes eventos.

Está torrando o que o erário tem, e o que não tem, para realizar a exposição internacional comemorativa da independência do Brasil. Ai, Cabral! Tu que descobristes essas terras, nos ilumine!

5 DE ABRIL DE 1921

Viva o rei 5

Constam do programa de obras do presidente Epitácio o desmonte do Morro do Castelo e as construções

da Avenida Beira Mar e de gigantescos pavilhões temporários para receber os convidados da corte belga.
Sem falar na construção do suntuoso Hotel Glória.
Todos sabemos que o vice Delfim Moreira era maluco de carteirinha. Mas quem rasga dinheiro é o presidente Epitácio.

Ela voltou

Quem voltou também foi nossa vidente Cassandra. Ela deixou na redação uma carta com o incompreensivo e enigmático título "Monarquia e República, a Revolução dos Bichos".
Publicamos na íntegra:
"Doze vozes gritavam cheias de ódio e eram todas iguais. Não havia dúvida agora quanto ao que sucedera à fisionomia dos porcos. As criaturas de fora olhavam de um porco para um homem, de um homem para um porco e de um porco para um homem outra vez; mas já se tornara impossível distinguir quem era homem, quem era porco".

18 DE ABRIL DE 1921

Advertência

Esta República está cada vez mais distante do ideal de *res publica*. Democracia de fachada, com voto aberto e eleições fraudadas; acordo entre oligarquias para escolher bacharéis de direito ou barões do café para a presidência; corrupção; greves operárias; agitação dos artistas...
Se a coluna tivesse que escolher um slogan para o momento que vivemos, seria: "Esta República não me representa".

Que venha o novo

Dentro deste clima de insatisfação generalizada, a coluna observa o crescimento de um movimento entre jovens e idealistas funcionários públicos que estão contra tudo isso que está aí.
Exigem mudanças, erguem a bandeira da moralidade e defendem uma depuração do poder com o fim da política corrupta e velha.
São jovens tenentes do Exército que querem passar o país a limpo.

Podem chamar de Tenentismo.
A coluna prefere Lava-República.

5 DE JUNHO DE 1921
Ele voltou
Os jovens e idealistas tenentes vêm da nova classe média e são frutos da profissionalização do Exército, iniciada no governo Hermes da Fonseca.
O ex-presidente, hoje à frente do Clube Militar, é o político mais próximo da Lava-República.

22 DE JUNHO DE 1921
O novo velho
Os tenentes da Lava-República não veem Hermes como integrante da velha política. Apesar de Hermes não ser o novo. Mas ele nunca se misturou com o velho, por isso parece novo. Mas novo não é...
Difícil explicar essa República.

Realengo
Foi Hermes quem inaugurou em 1913 a Escola Militar de Realengo, de onde vêm os barulhentos tenentes.
Na prática, ele deu chances aos filhos da nova classe média a um preparo intelectual de altíssimo nível, de graça. Não pagavam um vintém sequer.
O presidente só queria preparar de forma profissional a elite do oficialato do Exército brasileiro. Mas Hermes acabou ajudando a criar a Lava-República.

13 DE AGOSTO DE 1921
Bode
O mundo político parece alheio ao que está acontecendo ao seu redor.
O escolhido para suceder a Epitácio Pessoa é Artur Bernardes.
Ele tem cara de bode.
E vai dar bode. Aguardem.

Queijo
O bode foi escolhido candidato porque é presidente da Província de Minas.

Pelas regras da velha política, é a vez de Minas assumir a presidência. Simples assim.
A coluna está, cada vez mais, entusiasmada com a Lava-República. Ela é contra tudo isso que está aí.

9 DE OUTUBRO DE 1921

Com amor para...

Não demorou muito a dar bode.
O "Correio da Manhã" publicou cartas escritas por Bernardes. Ele chama Hermes da Fonseca de "sargentão sem posturas".
É a velha política reagindo novamente.

Direito de resposta

Em nota enviada à coluna, o candidato Artur Bernardes nega veementemente a autoria das polêmicas cartas.
Diz que elas contêm erros de português grosseiros, que jamais cometeria.
Alega que a fonte das mensagens é criminosa e que se trata de fake news para prejudicá-lo.
Fica registrado.

10 DE OUTUBRO DE 1921

Molecagem

Depois de xingar Hermes da Fonseca e dizer que era preciso os militares entrarem na disciplina, mais uma carta de autoria de Artur Bernardes é publicada pelo "Correio".
Agora, o candidato ataca seu concorrente Nilo Peçanha, chamando-o de "moleque capaz de tudo".
Aonde quer chegar esse bode?

Direito de resposta 2

Em nova nota enviada à coluna, o candidato Artur Bernardes nega veementemente a autoria das cartas.
Diz que elas contêm erros de português que jamais cometeria.
Alega que a fonte das mensagens é criminosa e que se trata de fake news para prejudicá-lo.
Fica registrado.

13 DE OUTUBRO DE 1921

Alvo

Apesar do desmentido de Bernardes, as cartas já causam estrago

em sua campanha. O candidato foi recebido com ovos e tomates na visita que fez ao Rio.
É o povo apoiando a Lava-República.

1º DE MARÇO DE 1922

Ganhou
Artur Bernardes é eleito com 56% votos.
A oposição denuncia fraude.
Ele ganhou, mas a coluna tem dúvidas se leva.

31 DE MAIO DE 1922

Fake
Estão lembrados das cartas atribuídas ao presidente eleito?
Eram falsas.
Os populares Jacinto Guimarães e Oldemar Lacerda confessaram a falsificação através de publicação na imprensa.
Disseram que pretendiam eliminar a candidatura de Bernardes em favor do Marechal Hermes.
Fica registrado.

1º DE JUNHO DE 1922

Cartas da discórdia
A discussão sobre a autenticidade das cartas continua, sob o argumento de que Oldemar e Jacinto teriam sofrido pressões e recebido dinheiro para confessar a falsificação.
A conferir.

25 DE JUNHO DE 1922

Fala, Hermes
Integrantes da Lava-República estão inconformados com a fraude eleitoral.
Rebeliões contra a eleição de Bernardes estouram em vários pontos do país e são reprimidas pelas Forças Armadas.
O presidente do Clube Militar, Hermes da Fonseca, diz que o Exército não deveria intervir.

2 DE JULHO DE 1922

Cala-te, Hermes
Extra, extra: Epitácio Pessoa decretou a prisão de Hermes da Fonseca.

A República nunca imaginou que veria esta cena: um ex-presidente na cadeia.
Os tenentes já têm seu slogan: "Hermes livre".

3 DE JULHO DE 1922
Fala de novo, Hermes
Hermes da Fonseca não ficou muito tempo preso, nem precisou da ajuda de algum ministro do STF.
O ex-presidente foi libertado por decisão do próprio Epitácio Pessoa.

5 DE JULHO DE 1922
Seja forte
A coluna avisou que ia dar bode. Uma rebelião estourou ontem em várias unidades militares. A resistência maior é no Forte de Copacabana.
A coluna apurou que a rebelião tem as digitais de Hermes da Fonseca.

Cala-te de novo, Hermes
O movimento libertador dos tenentes foi sufocado e Hermes da Fonseca, preso novamente.
O fato é que a Lava-República ganhou, definitivamente, as ruas.

10 DE AGOSTO DE 1922
Fica Epitácio
O movimento Fora Bernardes incendeia o país. Epitácio Pessoa sugeriu uma fórmula simples para evitar a crise: Artur não toma posse e ele continua.
É o Fica Epitácio.

15 DE NOVEMBRO DE 1922
Só love
Nem Fora Bernardes, nem Fica Epitácio.
O bode tomou posse e prometeu governar sem rancor e sem perseguir seus adversários.
Será que iremos assistir ao Bodinho Paz e Amor?

Méééé...
Nada mais divertido do que ver as charges retratando o novo presi-

dente como um bode. Ele merece e a coluna se diverte.

Não é bem assim

Sinais vindos do Catete são inquietantes.
A promessa do presidente eleito de se transformar num Bernardinho Paz e Amor não se cumpriu. Bernardes acaba de decretar estado de sítio.

18 DE FEVEREIRO DE 1923

Previdência

O governo aprovou uma lei para garantir a aposentadoria dos trabalhadores e a pensão das viúvas. A Lei Eloy Chaves estabelece o sistema de capitalização. Capitalização... Só um governo chefiado com mão de ferro para conseguir tal proeza.

15 DE JULHO DE 1924

Tiro, porrada e bomba

Opositores ao governo estão sendo presos. Alguns são levados para um campo de concentração no Amapá. A revolta paulista está sendo combatida com um intenso bombardeio à cidade, destruindo vidas e fábricas.

E mais

É aprovada a Lei Infame, que permite ao governo o controle dos meios de comunicação.

22 DE JULHO DE 1925

Vazou

Em bilhete enviado a um amigo, o presidente Artur Bernardes demonstra não compreender a oposição a seu governo.
Está escrito: "Vim para o governo da República com o propósito inabalável de servir à nação e de assegurar-lhe a paz e promover-lhe o progresso, dentro da ordem e da lei; mas os políticos ambiciosos e os maus cidadãos não me têm deixado tempo para trabalhar, obrigando-me a consumi-lo quase todo em fazer política".

Em nome da verdade

Diante de todos os últimos acontecimentos, a coluna tem que admitir: nunca achou a menor graça nas charges que retratavam o presidente como Seu Mé.
Apenas rimos de nervoso.

27 DE NOVEMBRO DE 1925

O sucessor

Sai leite, entra café.
O candidato à sucessão que sairá vitorioso no próximo pleito é Washington Luís.
Depois de tantas campanhas, a coluna já sabe: eleições, nesta República, não passam de um jogo de cartas marcadas.
Além do quê, Washington é paulista fake, pois nasceu no Rio. Na mesma cidade de Nilo Peçanha. Mas, politicamente, é paulista.

1º DE MARÇO DE 1926

Sem surpresas

Washington Luís foi "eleito" o novo presidente do Brasil.

A República do Café com Leite agora tem um pão: o galã Washington Luís venceu, para deleite das moçoilas

Refeição completa

A República é café com leite.
E o nosso futuro presidente é um pão. Faz suspirar as mulheres desde sua juventude em Campos dos Goytacazes.

O outro lado

Washington Luís é mais que um rostinho bonito.
O futuro presidente gosta de música, teatro e poesia.
E para fechar o currículo: é boêmio e mulherengo.

28 DE MAIO DE 1926

Caiu a República!!!

Calma! Não foi no Brasil, mas em Portugal. A Primeira República Portuguesa, fundada em 5 de outubro de 1905 com a queda da Monarquia, foi derrubada com um golpe contra o último governo do Partido Republicano de António Maria da Silva.

O golpe contou com o apoio da maioria das unidades do Exército e dos partidos políticos.

A população de Lisboa não se levantou para defender a República, deixando-a à mercê do Exército.

Já no aquém-mar, a primeira República promete durar muito tempo e terá a posse do novo presidente, Sr. Washington Luís, no próximo dia 15 de novembro.

15 DE NOVEMBRO DE 1926

Abrindo estradas

Primeiras medidas de Washington Luís: suspendeu o estado de sítio e fechou o campo de concentração do Amapá.

Governar também é abrir estradas para a conciliação nacional, pensa o novo presidente.

Entretanto...

Ao contrário da mulherada, a coluna não está apaixonada por Washington Luís.

Vamos apontar alguns defeitos no pão do Café com Leite: o presidente é teimoso e não sabe ler cenários políticos. Quase ingênuo.

17 DE NOVEMBRO DE 1926

Ministro Getúlio

O governo Washington Luís mal começou e já surgiu a primeira nomeação esdrúxula: alguém que mal entende de finanças para o ministério da Fazenda.

A única fazenda da qual Getúlio entende é a que tem boi e vaca e fica em São Borja.

Estamos falando do obscuro deputado federal Getúlio Dornelles Vargas, o novo ministro.

O presidente conta com a total fidelidade de Getúlio.

10 DE DEZEMBRO DE 1926

Duas moedas

O ministro reinstituiu o padrão-ouro e criou um novo fundo de estabilização cambial, chamado Caixa de Estabilização.

Passam a existir duas moedas no país, uma conversível em ouro e outra não.

Como é ambíguo esse tal de Getúlio. Não é firme nem na moeda.

17 DE DEZEMBRO DE 1927

Getúlio, o breve

Durou pouco mais de um ano a passagem como ministro da Fazenda do inexpressivo Dr. Getúlio Vargas.

Mal esquentou a cadeira e voltou para o Sul para tentar a presidência de seu estado natal.

Esse não vai longe.

30 DE MAIO DE 1929

Tudo pelo café 1

Para salvar o café, Washington Luís romperá com a Política do Café com Leite.

Não indicará o mineiro Antônio Carlos como candidato à sucessão. Apesar de ser o combinado, ninguém aguenta um novo Artur Bernardes.

O presidente está certo. O leite pode esperar mais quatro anos, mas o café, não.

Tudo pelo café 2

O governo vai de Júlio Prestes. É São Paulo de novo.

Mais um paulista e nossa República poderá pedir música no Catete. Minas chora sobre o leite derramado.

30 DE JULHO DE 1929

Come quieto

Só na cabeça do ingênuo Washington Luís a traição a Minas não terá resposta.

A coluna apurou que os mineiros querem comer a candidatura de Júlio Prestes. Mas daquele jeito: quietinhos.

29 DE OUTUBRO DE 1929

A casa caiu
Extra, extra: a bolsa de Nova York quebrou!
É um tsunami.
O governo Washington Luís está reagindo como se fosse uma marolinha.

23 DE NOVEMBRO DE 1929

Salve o café!
O café brasileiro está encalhando nos portos pelo mundo.
A coluna alerta que salvar o café é salvar a República.

5 DE JANEIRO DE 1930

Pão de queijo
O apoio mineiro dado à chapa opositora está encorpando: Getúlio Vargas, do Rio Grande do Sul, e João Pessoa, da Paraíba.
E sabe quem mais está se aproximando da Aliança Liberal de Getúlio e Pessoa?
Ela em pessoa: a Lava-República.

20 DE JANEIRO DE 1930

Anistia
O programa de governo da Aliança Liberal tem pontos que agradam muito aos tenentes da Lava-República: anistia ampla a todos os presos políticos, processados e perseguidos desde o 5 de julho de 1922.
E ainda promete o voto secreto.

18 DE FEVEREIRO DE 1930

Collorindo o Brasil
A plataforma política prevê a diversificação da produção nacional, hoje centrada no preto e branco do Café com Leite.
O autor do plano que diminui o poder dos marajás do café é Collor. Lindolfo Collor.

25 DE FEVEREIRO DE 1930

Mais pão de queijo
E vem de Minas o político que está costurando a aproximação da Lava-República com a Aliança Liberal:

Virgílio de Melo Franco, deputado estadual de Minas.
A coluna alerta: Washington Luís abriu estradas, mas trafega na contramão da história ao trair Minas.

Conclusão
O presidente é um pão, mas subestimou o poder do pão de queijo.

26 DE FEVEREIRO DE 1930
Não é tão novo assim
A adesão da Lava-República à Aliança Liberal tem um entrave. Aliás, três. Os tenentes não gostam dos ex-presidentes Epitácio Pessoa e Artur Bernardes, além do próprio candidato a vice, João Pessoa.
Os três, em graus distintos, sempre combateram o Tenentismo.

28 DE FEVEREIRO DE 1930
É fraude, idiota
A sorte está lançada.
Júlio ou Getúlio?
A fraude é que decidirá.

Errata
Na nota anterior, onde lê-se "fraude" leia-se "eleição".
Pedimos desculpas aos leitores pelo erro de linotipia.

A campanha presidencial de Júlio Prestes já está nos muros e postes. Mas alguma coisa não cheira bem...

1º DE MARÇO DE 1930
Presidente feliz
Deu Júlio Prestes: 1 milhão de votos contra 800 mil da Aliança Liberal. Para Washington Luís, agora é passar a faixa e pegar a estrada.
Para a oposição, a eleição não acabou.

REPUBLICA

2ª

1055

090908

OS ESTADOS UNIDO

Meu malvado favorito

18 DE MAIO DE 1930

Ar pesado

Washington Luís, mais uma vez, não lê o cenário político como deveria.
Tem cheiro de revolução no ar.
Os tenentes da Lava-República são os mais animados com a possibilidade. Nós também.

19 DE MAIO DE 1930

Desmentido

Líderes da Aliança negam veementemente que irão tentar tomar o poder através de movimento armado.
Mas reafirmam que a fraude elegeu Júlio Prestes. E elegeu mesmo.

26 DE JULHO DE 1930

Sangue

Extra, extra: João Pessoa acaba de ser assassinado.
As primeiras informações que chegam dão conta de que o crime tem as digitais do governo Washington Luís.

27 DE JULHO DE 1930

Outro desmentido

O governo Washington Luís nega com veemência a participação em qualquer complô para tirar a vida de João Pessoa.
Fontes do Catete informam que a investigação mostrará a inocência do presidente.
As verdadeiras motivações do crime teriam sido desavenças regionais e conjugais.

3 DE OUTUBRO DE 1930

Crise

Extra, extra: o Rio Grande do Sul caiu nas mãos dos rebeldes.
Começou a Revolução! Que venha a Lava-República!

4 DE OUTUBRO DE 1930

Lento

Washington Luís finalmente resolveu agir. Com 24 horas de atraso.
O presidente confia no seu dispositivo militar.

O dispositivo

O dispositivo militar de Washington Luís não é tão confiável como imagina o presidente. O golpe explodiu em Minas e na Paraíba. Washington pediu apoio aos governadores e disse que confia nas Forças Armadas.

Fezinha

A vidente Cassandra, que não envelhece, apareceu na redação. Trazia a nota sobre a confiança do presidente em seu dispositivo militar e um palpite para o bicho. Desta vez, se fez de tonta. Disse apenas: "Errei de porta. Estou indo jogar na última dezena do leão". A coluna checou e as dezenas do leão são: 61, 62, 63 e 64.

15 DE OUTUBRO DE 1930

Reação

O governo tentou de tudo: decretou feriado bancário, estado de sítio e convocação de reservistas.
Nada parece surtir efeito.
O lava-republicano Juarez Távora tem liderado, com sucesso, a rebelião no Norte e no Nordeste. Só Bahia e Pará ainda não caíram.

Novo chefe

O comando geral da Revolução Libertadora do Brasil está a cargo de Getúlio Vargas.
Haverá uma grande batalha em Itararé, na divisa entre São Paulo e Paraná.
A batalha de Itararé será no dia 25.

Viajandão

Washington Luís está a cada dia mais confiante no seu dispositivo militar. O presidente que tem como slogan abrir estrada é, definitivamente, um viajandão.

24 DE OUTUBRO DE 1930

Só Deus

A capital caiu nas mãos dos rebeldes. Os militares traíram abertamente o presidente e Washington Luís se recusa a sair de sua residência, no Palácio Guanabara.

Washington Luís deixa o Palácio, na foto obtida graças a uma ideia do repórter iniciante Roberto Marinho

Fontes do Catete dizem que só Deus poderia botar na cabeça do teimoso presidente que ele perdeu.

Enviado

Um representante de Deus, o cardeal Sebastião Leme, vai ao Palácio Guanabara avisar a Washington Luís para deixar o governo. Conseguirá o milagre?

Flagrante

Não podia ser de outra forma: o presidente que mais abriu estradas neste país foi fotografado deixando o Palácio dentro de um... carro. O furo jornalístico é do jovem repórter Roberto Marinho.

Deu galho

Na verdade, Roberto Marinho quebrou o galho do fotógrafo. Explica-se: o repórter jogou galhos de árvore na rua para retardar a passagem do veículo que levou Washington Luís preso ao Forte Copacabana. Só assim foi possível registrar o flagrante.

3 DE NOVEMBRO DE 1930

Itararé

A República acaba de ser refundada neste ano de 1930, e nem precisou da batalha de Itararé.

ESSA NOTA VALE UM NOTÃO

Uma República ainda para poucos

Essa República, que segundo Dona Cassandra será conhecida nos livros de história como "primeira" ou "velha" — graças à megalomania de Getúlio —, prometeu muito, mas entregou pouco em termos de democracia. Os "donos" do modelo Café com Leite eram brancos engomadinhos e formados em direito na Universidade do Largo do São Francisco. Pensaram até agora que o país precisava de um rumo e que o povo atrapalhava.

Nesse período, as eleições foram mera formalidade para chancelar os nomes daqueles que já haviam sido escolhidos pelo grupo do pacto oligárquico. Teve voto aberto e política dos governadores para escolher o próximo presidente, e coronéis controlando o interior do país e o voto do eleitor. A estrutura era tão azeitada que tivemos até presidente eleito sem fazer campanha ou votar em si mesmo. Parece que o sistema só ruiu quando o Brasil cresceu e se urbanizou. A prosperidade econômica, em diferentes países, enseja nas pessoas a demanda por novos direitos, como, por exemplo, votar sem fraudes.

Prosperidade econômica? Teve sim! Mas para poucos, lógico. Éramos 14 milhões em 1890 e nos tornamos 30 milhões nesse país em 1930. Fazíamos 50 milhões de postagens pelo correio em 1890 e já fazemos 2,1 bilhões em 1929. Tínhamos três mil fábricas no país em 1907, nove mil em 1912 e 13 mil em 1920. Eram nove mil quilômetros de ferrovias em 1890 e, agora em 1930, são 32 mil.

Sabe o que aconteceu? O país cresceu, se urbanizou, passou a ter classe média e o tal do povo agora quer votar e ser ouvido. A revolução de 1930 tem como líder Getúlio Vargas, presidente do Rio Grande do Sul e ministro da Fazenda de Washington Luís até dois anos atrás. Em suma: o líder "revolucionário" havia sido ministro do presidente que agora derrubava. Era um homem do sistema e não um *outsider* como muitas vezes possa parecer. É ele que vai nos levar à democracia e respeitar a voz das urnas? "Não!", berra Dona Cassandra; "sim", faz votos este colunista. E que os milicos a sua volta digam amém!

Novo líder

A coluna confia na capacidade de liderança e discernimento de Getúlio Vargas, que, aliás, foi um GRANDE ministro da Fazenda.

11 DE NOVEMBRO DE 1930

Ditacuja?

A coluna se surpreendeu com as medidas duras tomadas por Vargas. Ele dissolveu o Congresso Nacional, as assembleias estaduais e as câmaras municipais, e agora tem plenos poderes para governar o país.
Vargas nomeou interventores em todos os estados, com exceção de Minas Gerais, onde foi mantido Olegário Maciel. No Rio Grande do Sul e em Pernambuco, assumiram o governo os líderes revolucionários locais José Antônio Flores da Cunha e Carlos de Lima Cavalcanti.
Parece ditadura, mas o governo jura que não é.

Explicando

Getúlio promete fazer o bolo da ordem crescer para depois dividi-lo.

As medidas excepcionais valem até a convocação de uma constituinte. Ufa!

5 DE DEZEMBRO DE 1931

Racha no Tenentismo

Muitos líderes da Lava-República foram nomeados interventores nos estados, mas há grande divergência sobre como Getúlio deve agir.
Parte da força-tarefa quer uma ditadura. Outra parte, a constituinte. A coluna está ao lado da Lava-República esclarecida, a que defende a democracia.

22 DE FEVEREIRO DE 1932

Filhote brabo

Quem disse que bastam um soldado e um cabo para fechar um jornal? Odilon, filho do interventor no Distrito Federal, Pedro Ernesto, e mais três caminhões carregados de soldados empastelaram o jornal "Diário Carioca".
Só porque o jornal defende a convocação da constituinte.

Repetindo: o filho de um interventor envolvido num vexame nacional.

Editorial

A coluna entende que a República não pode sucumbir ao filhotismo. Esta história de 01 de autoridade se intrometer em assuntos nacionais era coisa do Império.
Pelo amor de Deus! Estamos em pleno século 20. Anos 30. Não podemos retroceder.

23 DE ABRIL DE 1932

Prêmio

A coluna dá um sorvete da Confeitaria Colombo, a preferida de Vargas, para quem souber ler o presidente.
Ele tem vocação para ditador ou para libertador constitucionalista? Cartas para a redação.

9 DE JULHO DE 1932

Resultado

O sorvete vai para os paulistas que entenderam ser Getúlio um ditador. A coluna concorda. A promessa de convocar uma Assembleia Constituinte em 1933 cheira a falácia.
Os paulistas abriram guerra contra o governo.
Getúlio ditador!

Cartazes convocam voluntários para lutar a favor da Revolução Constitucionalista. Fora Getúlio!

2 DE OUTUBRO DE 1932

Novo resultado

Os paulistas revoltosos foram derrotados.
O governo marcou para o dia 3 de maio as eleições para a Constituinte.
A coluna tira o picolé dos paulistas

e entrega aos getulistas. O governo será constitucional.
Getúlio libertador!
Sempre acreditamos!

15 DE DEZEMBRO DE 1933

Eleições

Acaba de ser instalada a nova Constituinte, que elegerá indiretamente o novo presidente. Quem será eleito? Ganha outro picolé quem acertar o nome.

2 DE JULHO DE 1934

Resultado

Essa coluna recebeu mais de cinco mil cartas, todas com a mesma caligrafia e aposta: Gegê.
Não tem pra ninguém: nem picolé, nem disputa com o presidente.

17 DE JULHO DE 1934

Eleito

Getúlio Vargas foi eleito, indiretamente, pela Assembleia Nacional Constituinte: 175 votos contra 59 de Borges de Medeiros.
Nunca tivemos um presidente eleito com tão poucos votos.

28 DE FEVEREIRO DE 1937

Corrida eleitoral

Neste início de 1937, dois pré-candidatos despontam como favoritos ao Catete: Armando Salles (Seu Manduca) e Oswaldo Aranha (Seu Vavá). Mas, nas ruas, o povo sabe quem é o favorito a ganhar essa disputa:
A menina Presidência
vai rifar seu coração
E já tem três pretendentes
Todos três, chapéu na mão
E quem será?
O homem quem será?
Será Seu Manduca ou será Seu Vavá?
Entre esses dois, meu coração balança porque
Na hora agá quem vai ficar é Seu Gegê

6 DE JUNHO DE 1937

Suástica

Getúlio foi ontem ao Circuito da

Gávea prestigiar o Grande Prêmio de Automobilismo da Cidade do Rio de Janeiro. Recebeu os pilotos alemão Hans Stuck e italiano Carlo Maria Pintacuda. Na solenidade, a bandeira com a suástica nazista tremulou ao lado do pavilhão nacional.
Gegê parece cada vez mais entusiasmado com a turma da suástica.

1º DE SETEMBRO DE 1937

Tô nem aí

Está chegando ao fim o governo Vargas. As eleições foram marcadas para 1938, como determina a constituição.
O mais intrigante é que a coluna não vê qualquer movimento de Getúlio para escolher um candidato. Quanto desapego!

30 DE SETEMBRO DE 1937

Quem não tem mamadeira...

O ministro da Guerra, Góes Monteiro, anunciou em cadeia nacional de rádio, no programa "Voz do Brasil", terem descoberto um plano internacional comunista para derrubar Getúlio.
Gente, só falta o governo inventar o kit gay e a mamadeira erótica para permanecer no poder.

1º DE OUTUBRO DE 1937

É guerra

A mamadeira erótica de Getúlio se chama Plano Cohen.
Ela serviu de pretexto para o governo solicitar à Câmara a decretação de estado de guerra.
Que acaba de ser aprovado por 138 votos contra 52.

Calma, gente!

A coluna esclarece que o estado de guerra aprovado na Câmara é para assuntos internos. O mundo está em paz.

10 DE NOVEMBRO DE 1937

Fora, Getúlio!

A ditadura foi implantada hoje. Abaixo o ditador!!!

Plágio

Além de ditador, Getúlio é plagiador! Batizou a sua ditadura de Estado Novo, sendo que esse é o nome da ditadura portuguesa implantada em 1933, após um referendo que contabilizou as abstenções como votos favoráveis ao governo.

Efeitos

A mamadeira erótica inventada pelo governo acaba de produzir frutos:
1 - O Congresso Nacional foi fechado durante o expediente.
2 - Getúlio anunciou o início do Estado Novo.
3 - O Brasil já tem uma nova Constituição imposta.

11 DE NOVEMBRO DE 1937

Visita à redação

A coluna recebeu ontem a visita ilustre do senhor diretor do Departamento de Propaganda e Difusão Cultural do governo, Lourival Fontes.
Foi um encontro agradável.

19 DE ABRIL DE 1938

Que sorte a nossa

Não é maravilhoso termos o Dr. Getúlio para cuidar do Brasil? Ele sabe exatamente do que o país precisa para se desenvolver.
Feliz aniversário, Dr. Getúlio!

Anúncio do admirável Departamento de Propaganda e Difusão, que a coluna faz questão de publicar

1º DE FEVEREIRO DE 1940

Carnaval

Tem tudo para ser um imenso sucesso no próximo carnaval o samba "O bonde de São Januário", de autoria de Wilson Batista, e obtido com exclusividade pela coluna:
O bonde de São Januário
leva mais um sócio otário
só eu não vou trabalhar.

15 DE MARÇO DE 1940

Afastamento

Peço desculpas aos meus 17 leitores pelo afastamento no último mês. Fui acometido por uma gripe, tratada com muito chá, bolacha e calor humano.

Errata

Na última coluna, antes desse período de convalescença, publicamos uma letra de samba errada, gentilmente corrigida pelo DIP. A letra correta é a seguinte:
Quem trabalha é que tem razão
Eu digo e não tenho medo de errar
O bonde São Januário
Leva mais um operário
Sou eu que vou trabalhar

1º DE MAIO DE 1943

CLT

O grande Dr. Getúlio Vargas assina hoje, no Estádio de São Januário, a Consolidação das Leis do Trabalho.
Que líder! Que sorte a nossa termos o Dr. Getúlio comandando o nosso país!

2 DE SETEMBRO DE 1945

Novos ares

O ar começa a ficar mais respirável no país com o fim da guerra.
Já se fala em democracia.

Baú da coluna

Por falar em democracia, encontramos no nosso arquivo algumas notas censuradas por Lourival:

- Getúlio deu um golpe para afastar a falsa ameaça comunista.
- Getúlio prendeu e torturou comunistas.
- Getúlio mandou a mulher grávida de um líder comunista para um campo de concentração nazista.

A esquerda NUNCA apoiará esse homem.

A não ser que nossa República seja ilógica, absurda e irracional.

10 DE SETEMBRO DE 1945

I-na-cre-di-tá-vel

Confirmado: nossa República é ilógica, absurda e irracional.
O tenente, hoje comunista Luís Carlos Prestes, acaba de anunciar apoio a Getúlio.
Só falta Getúlio ser defendido, no futuro, por políticos que se dizem de esquerda.

3 DE OUTUBRO DE 1945

Manifestação

Uma multidão marchou do Largo da Carioca até o Palácio Guanabara para pedir mais Getúlio no poder.
Os Queremistas são do Catete. Eles defendem uma Constituinte, mas deixando o ditador na presidência.

A gente conhece bem...

Getúlio alertou à nação que há forças ocultas contrárias à convocação de uma Constituinte. "Posso afirmar-vos que, naquilo que de mim depender, o povo pode contar comigo", disse.
A coluna, bem como os militares, desconfia do desapego de Getúlio.

Uma vez Getúlio, sempre Getúlio

O presidente nomeou seu irmão, Benjamin Vargas, para controlar as forças policiais. Tudo muito estranho.

4 DE OUTUBRO DE 1945

De novo, o dispositivo

O ministro da Guerra, Góis Monteiro, se sentiu traído com a nomeação e já acionou o dispositivo militar para situações de tumulto no país. Cheiro de golpe no ar.

28 DE OUTUBRO DE 1945

Última tentativa

Sem apoio de Góis Monteiro, Getúlio tenta negociar uma saída com o ex-ministro da Guerra e presidenciável Eurico Gaspar Dutra, que foi chamado ao Palácio Guanabara.

29 DE OUTUBRO DE 1945

Sem acordo

Getúlio assinou sua renúncia e embarcou para o exílio em São Borja.

30 DE OUTUBRO DE 1945

Desabafo

A coluna, enfim, pode desabafar: xô, ditador!
Lourival Fontes nunca mais!

Nota de falecimento

Por motivos óbvios, a coluna foi impedida de informar o falecimento da querida vidente Cassandra durante a ditadura do Estado Novo. Nossa amiga morreu há alguns anos nos porões do regime, após resistir à desapropriação de seu imóvel na Praça Onze para a construção da Avenida Presidente Vargas.
O ditador alterou o traçado da via para que passasse por cima da região, reduto de negros, sambistas e anarquistas. E de videntes, claro.

5 DE NOVEMBRO DE 1945

De poste em poste...

Estamos livres do ditador Getúlio. Só que não! A coluna desconfia de que Dutra seja, no fundo, um poste do ex-presidente deposto.
Sim, meus amigos, era só o que faltava nesta República. Líderes populares se valerem de postes para continuar mandando...

6 DE NOVEMBRO DE 1945

Caneta pesada

Com a queda do ditador, assumiu o presidente do STF, José Linhares.
O governo é para ser breve, até a posse do próximo presidente prevista para dezembro, mas o Sr. Linhares

parece não ter tempo a perder.
A caneta, carregada de tinta, já virou motivo de deboche. No meio político, a brincadeira da vez é dizer que "os Linhares são milhares", numa referência aos inúmeros membros da família Linhares nomeados sem concurso ou qualquer outro critério objetivo para cargos públicos permanentes.
A coluna tem certeza de que é um caso excepcional de mau uso do cargo por sua majestade, ou melhor, magistrado.

7 DE NOVEMBRO DE 1945

Não é um doce

Não é a primeira vez que teremos Dutra e Eduardo Gomes em lados opostos no ringue. Em 1922, durante a Lava-República, o então capitão Dutra combateu os revoltosos do Forte de Copacabana. Um deles era o tenente Eduardo Gomes.

É um doce

Gomes está longe de ser um doce, mas encanta as eleitoras femininas. A animação é tamanha que elas inventaram um quitute de chocolate para distribuir nos comícios domiciliares. Chama-se brigadeiro.

Já o outro...

A coluna especula: como seria um quitute inspirado no Dutra?
Ele é baixinho, feio, sem carisma, e ainda tem a língua presa: "Voxe xabe. Eu xeria um picolé de xuxu", diria Dutra.
No caso dele, chuchu com xis mesmo!

11 DE NOVEMBRO DE 1945

País partido

Quando esta coluna nasceu, o país estava dividido entre monarquistas e republicanos. Hoje, o mundo está rachado entre capitalistas e comunistas, e o Brasil, entre nacionalistas e entreguistas.
Como o ditador Getúlio, que tem o dom da dubiedade, entrará para a história? Esquerda ou direita?
A coluna vai ali comer uma coxinha e uma mortadela, enquanto reflete.

17 DE NOVEMBRO DE 1945

É poste

Como a coluna antecipou, Dutra é mesmo um poste de Getúlio.
Apesar da posição dúbia do ex-presidente durante a maior parte da campanha, o apoio de Gegê vai para Dutra.

Garoto de recado

Getúlio mandou um garoto de recados de São Borja para manifestar seu apoio a Dutra.
O portador da mensagem é próximo da família: já foi sócio do irmão de Vargas, Protásio Dornelles Vargas, numa firma especializada em charque.
O apelido dele: Jango.

19 DE NOVEMBRO DE 1945

Comício

Estamos a um mês das eleições presidenciais e, mesmo com o apoio declarado de Getúlio a Dutra, a vitória de Eduardo Gomes parece certa.
Ontem, em discurso no Teatro Municipal, o brigadeiro declarou que não precisa dos votos "desta malta de desocupados que apoia o ditador".

Fake news

Rádios e jornais ligados a Getúlio deturparam o discurso do brigadeiro. Espalharam que Eduardo Gomes, no evento no Municipal, desprezou os votos dos pobres e dos marmiteiros.
É tão fake quanto o Plano Cohen, aquela mamadeira erótica que nos levou ao Estado Novo.
A coluna espera que seja a última vez que testemunhe fake news na República.

2 DE DEZEMBRO DE 1945

Dutra na cabeça

Deu Dutra com 54,1% dos votos, contra 33,9% de Eduardo Gomes. Mas quem tomará posse mesmo é a primeira-dama, Dona Santinha. Ela manda no Dutra, que acha que vai mandar no Brasil.

13 DE JANEIRO DE 1947

Divórcio à vista

Sinais vindos do Catete indicam que Dutra está cada vez mais distante do PTB e próximo da UDN. O que vale dizer: longe de Gegê.

Enquanto isso...

O ex-ditador Getúlio montou seu quartel-general na estância São Vicente, no Rio Grande do Sul. Pertence a quem um dia a coluna achou que era um simples garoto de recados.
Seu nome: João Belchior Marques Goulart. Mas podem chamá-lo de Jango.

5 DE MARÇO DE 1947

O petróleo

Dutra enviou o Estatuto do Petróleo ao Congresso.
A coluna leu, mas não entendeu: ele é nacionalista, a favor do monopólio estatal na exploração do óleo, ou é entreguista, a favor da participação de empresas estrangeiras?

É nosso

Aliás, sonhamos com Dona Cassandra, a vidente morta durante a ditadura do Estado Novo. Ela gritava: "O petrolão é nosso".
Sim, a coluna concorda com Dona Cassandra. O petrolão é nosso.

6 DE MARÇO DE 1947

Erro

Na coluna anterior, na nota onde lê-se "petrolão" leia-se "petróleo". Pedimos desculpas aos leitores. Fomos induzidos ao erro pelo fantasma de Dona Cassandra.

Dona Santinha, sempre à frente das decisões importantes do país, é acompanhada à distância por Dutra

18 DE SETEMBRO DE 1947

Medidas

Dutra fecha o Partido Comunista. Fecha os cassinos. Cria o Senac e o Sesi. Voxê, xabe, né? A Xantinha, sua esposa, quer... e Dutra obedece.

9 DE OUTUBRO DE 1947

Nota de falecimento

A coluna informa o falecimento de Carmela Teles Leite Dutra em decorrência de uma crise de apendicite. Uma grande mulher, sem dúvidas.

O presidente Dutra está de luto pelo falecimento de sua esposa.

Quem manda hoje neste país?

9 DE AGOSTO DE 1950

Sucessão

Começou a corrida pela sucessão de Dutra.

O coordenador da campanha de Getúlio é Jango.

Adversários de Getúlio reagem. Acusam Jango de ser um satélite do ditador argentino Juan Domingo Perón.

10 DE AGOSTO DE 1950

Xô, peronista!

A oposição não cansa de repetir: o sonho de Perón é construir a Ursal, a União das Repúblicas Sindicalistas da América Latina.

A UDN diz que Jango faz parte deste foro. Ora, francamente: vai pra Argentina!

15 DE AGOSTO DE 1950

Diretas já, Gegê!

A primeira vez a gente nunca esquece.
Getúlio, enfim, vai disputar uma eleição presidencial pelo voto direito. Ele vem pelo PTB.
Dutra vai de Cristiano Machado, pelo PSD.
E o tenente, hoje brigadeiro Eduardo Gomes, tentará de novo pela UDN.

3 DE OUTUBRO DE 1950

Barbada

Deu Getúlio!

11 DE DEZEMBRO DE 1951

Borboleta

Tem o número 1.516 o projeto de lei que cria a Petróleo Brasileiro Sociedade Anônima.
Para decepção da coluna, o projeto de Getúlio não estabelece o monopólio estatal.
Para surpresa da coluna, a UDN passou a defender o monopólio estatal.

20 DE JUNHO DE 1952

Coisa séria

Getúlio acaba de criar o Banco Nacional de Desenvolvimento Econômico (BNDE).
Sem dúvida, o banco e a Petrobras garantirão dias muito mais tranquilos e felizes para os futuros presidentes. Sem turbulências políticas. Porque serão instituições sólidas e republicanas.

18 DE MARÇO DE 1953

Parou por quê?

A greve operária que mobilizou 300 mil trabalhadores e a paralisação dos marítimos no Rio de Janeiro, em Santos e em Belém mostram que a relação de Vargas com os trabalhadores não vai tão bem.
Jango, sempre ele, foi chamado para reconstruir a base sindical de apoio ao governo.
Será o ministro do Trabalho.

12 DE JANEIRO DE 1954

O patrão enlouqueceu.

Há rumores de que o ministro Jango irá propor aumento de 100% para o salário-mínimo.

Fogo no parquinho

Um grupo de militares se rebelou contra o suposto aumento de 100% no salário-mínimo.
Publicaram o "Manifesto dos coronéis". Alertam que um trabalhador desqualificado vai ganhar mais do que alguém com curso superior.
E que isto aniquilará completamente "qualquer possibilidade de recrutamento para o Exército dos seus quadros inferiores".

8 DE FEVEREIRO DE 1954

O manifesto

E para dizer que os coronéis não falaram das flores, no manifesto contra o aumento do mínimo eles lembram da ameaça permanente do comunismo.

O nome de um dos signatários da carta, não sabemos explicar por que, chamou a atenção da coluna: Golbery do Couto e Silva.

23 DE FEVEREIRO DE 1954

Fora Jango

O manifesto dos militares surtiu efeito.
Getúlio demitiu Jango.
Afastada a hipótese do aumento de 100% do salário-mínimo.

3 DE ABRIL DE 1954

A Ursal vive

Os leitores estão lembrados da Ursal, a União das Repúblicas Sindicalistas da América Latina?
O jornalista Carlos Lacerda jura que a ameaça é real.
Seu jornal, "Tribuna da Imprensa", jogou luz sobre um discurso do general Juan Domingo Perón, na Escola Superior de Guerra da Argentina.
O presidente argentino falou sobre as negociações com Vargas para o

estabelecimento de uma aliança entre os governos da Argentina, do Brasil e do Chile.
Foi um foro de reportagem de Lacerda contra Vargas.

Errata
Na nota anterior, onde lê-se "foro" leia-se "furo".
Pedimos desculpas aos leitores pelo erro de linotipia.

1º DE MAIO DE 1954

Aumentou
Vargas aproveitou o Dia do Trabalhador para anunciar, vejam só, o aumento de 100% do salário-mínimo.
Aquele mesmo que desagradou aos militares e derrubou Jango.

Chiadeira dos patrões
Entidades patronais vão recorrer contra o decreto do presidente.
Isso vai parar no STF.
A República não suporta mais tanto ativismo judiciário.

30 DE JULHO DE 1954

Não fecha
O STF decidiu que o decreto presidencial é constitucional e o aumento está valendo.
Nossas instituições dão provas de que estão funcionando.
Estão lembrados de que Floriano Peixoto falou em fechar o STF?
A coluna não ouviu, até o momento, ninguém pedir o fechamento da Corte Suprema.
A República, sem dúvida, amadureceu.

6 DE AGOSTO DE 1954

Rápido no gatilho
Carlos Lacerda fundou a Aliança Popular Contra o Roubo e o Golpe.
Reúne partidos de oposição para lutar contra o mar de lama que...
Opa! Interrompemos nossa programação para informar que tentaram matar Lacerda.
Major Vaz, oficial da Aeronáutica que lhe prestava segurança, foi assassinado na emboscada.
Os pistoleiros fugiram.

ESSA NOTA VALE UM NOTÃO

Castor e a guarda de Getúlio

Após o atentado de Lacerda, a comissão de inquérito apreendeu no Palácio do Catete uma lista de contabilidade de propinas do bicho. O coronel Adil de Oliveira, responsável pela investigação, não teve dúvidas ao analisar a relação com os nomes dos contraventores ao lado de valores: eram propinas pagas pelos bicheiros para manter a guarda pessoal do presidente, chefiada por Gregório Fortunato.

Gregório comandava uma equipe de 280 homens, sendo que 76 batiam ponto no Catete. Trabalhavam na antessala do poder, coladinhos aos aposentos presidenciais. A lista do bicho continha 20 nomes e diversos valores. Começava com o contraventor Zeca e sua contribuição de 1 mil cruzeiros, e terminava com Pimenta e a observação "não" — ou seja, pagou zero de propina. No meio da lista, um nome irrelevante: Castor, seguido do valor, 200.

Os policiais tinham mais o que fazer do que investigar quem é o tal Castor, até porque na lista da propina aparecia muita gente. Mas Dona Cassandra, que já foi dessa para melhor, surgiu num sonho do colunista e sussurrou: "Esse rapaz vai entrar na história do crime organizado do país". A vidente ainda trazia nas mãos um exemplar do jornal "Luta Democrática", de setembro de 1956, em que Castor é apresentado como "filho do ex-banqueiro Zezinho, de Bangu", apelido de Eusébio de Andrade. Ele havia herdado o negócio do pai.

O jornal descreve a reação do desconhecido Castor: "O novo delegado da Delegacia de Costumes queria fazer-lhes a advertência que já fizera a outros contraventores: abandonar de uma vez a contravenção, sob pena de as autoridades agirem com violência. Castor de Andrade, ao lado de seu advogado, alegou inocência: 'Sou estudante de Direito e nada tenho a ver com o jogo'."

Antes que esse colunista acordasse, Dona Cassandra ainda fez uma última previsão sobre Castor: "Ele vai manter a versão de sua inocência por muitas décadas, mais precisamente até 21 de maio de 1993, quando será condenado a seis anos de prisão por uma juíza chamada Denise Frossard".

CENTRAL DO BRASIL

00053 A

CEM CRUZAD

Toda loucura será castigada

24 DE AGOSTO DE 1954

O mandante

Lacerda não tem dúvidas: o mandante do crime é Getúlio.

A coluna apurou o sentimento nas ruas: Getúlio é um demônio. Lacerda é santo.

Opa! Interrompemos novamente nossa programação para informar que o presidente Getúlio acaba de se matar!

A coluna apurou o sentimento nas ruas: Getúlio é santo. Lacerda é um demônio.

10 DE OUTUBRO DE 1954

Quanta gentileza

Enquanto Café Filho e Nereu Ramos vivem seus dez minutos de fama, ocupando a presidência interinamente, vamos ao que realmente interessa: as eleições presidenciais de 55.

O PSD lançou o governador mineiro Juscelino Kubitschek.

Carlos Lacerda, gentil como sempre, definiu JK como o "condensador da canalhice nacional".

1º DE AGOSTO DE 1955

As chapas

JK formou chapa com Jango. A dupla conta com o apoio de Luís Carlos Prestes.

Do outro lado, o tenente, agora brigadeiro, Juarez Távora, concorre pela UDN.

De um gaiato: a Ursal está confiante e a direita, nervosa.

19 DE AGOSTO DE 1955

Tive uma ideia

Carlos Lacerda não para de dar ideias de "aperfeiçoamento" de nossa peculiar democracia.

Em artigo publicado na "Tribuna da Imprensa", defendeu os seguintes pontos para o país:

1 - Instituição do Parlamentarismo.
2 - Nomeação de um chefe militar para primeiro-ministro.
3 - Dissolução do Congresso.
4 - Adiamento das eleições para 1956.
5 - Convocação de uma Constituinte.

Em síntese: virar a mesa e impedir que JK chegue ao poder.

20 DE AGOSTO DE 1955

Reação

JK e militares nacionalistas reagiram à ideia de Lacerda.
Em síntese, gritam: "Não vai ter golpe".

3 DE OUTUBRO DE 1955

Resultado

Deu JK com 36% dos votos, contra 30% de Juarez Távora.
Jango, que concorreu a vice, deu um banho. Foi eleito vice com mais de três milhões de votos.
Ursal em festa.

31 DE JANEIRO DE 1956

Pra frente...

JK é desenvolvimentista.
Foi eleito e tomou posse hoje com um Plano de Metas que a coluna prefere chamar de PAC: Programa de Aparecimento da Capital.
Ele promete fazer surgir a cidade de Brasília no meio do nada.
Em apenas três anos e dez meses.

...e avante

Além do PAC, a nova matriz econômica do presidente Juscelino prevê subsídios generosos para a indústria automotiva.
Ele não se preocupa com a inflação. E aumenta sem controle os gastos públicos.
Talvez a República não veja outro presidente com tais ideias. Nem presidenta.

13 DE NOVEMBRO DE 1958

Ligações perigosas

Nem o céu do Planalto é o limite para o PAC de Juscelino.
Ninguém sabe ao certo quanto vai custar Brasília. Não existe uma única planilha de orçamento.
O casamento entre governo e empreiteiras tem tudo para ser duradouro nesta República.
Chegam à coluna denúncias de que terrenos adquiridos no meio do nada estão sendo revendidos por verdadeiras fortunas. E até material de construção é transportado por avião.
O mar de lama parece não ter fim.

15 DE ABRIL DE 1959

Vassourinha

A oposição não fala em outra coisa senão passar o país a limpo e impedir que nossa bandeira seja vermelha.
A velha e conhecida corrupção e o perigo da Ursal voltam a dominar o ambiente político desta República de duas notas.

18 DE ABRIL DE 1959

Quem será?

A coluna conversou com setores da UDN e traçou o perfil do candidato que ela procura:
• Deve possuir um forte discurso anticorrupção e anticomunismo.
• Ter um messianismo puritano e, ao mesmo tempo, moralizador.
• Passar a imagem de que não é um político tradicional, mesmo que seja político há um bom tempo.
• Estabelecer comunicação direta com o eleitor.
• Parecer um pouco louco, para mostrar autenticidade.
• Ser liberal na economia, mas conservador nos valores.

19 DE ABRIL DE 1959

Quem será

Este candidato está no bolso de um partido nanico.
É o governador de São Paulo, Jânio Quadros, do PTN.
A UDN vai apoiá-lo.

25 DE ABRIL DE 1959

Falta vontade

O presidente Juscelino não parece muito animado.
Lançou o ministro da Guerra, o Marechal Lott, à presidência.
Jango vem de vice de novo.
JK é peixe vivo: está mais interessado em voltar nas eleições de 65 do que em fazer o sucessor.

1º DE MARÇO DE 1959

Jan-Jan

Esta República está tão louca que já se fala na chapa Jan-Jan.
Significa votar em Jânio para presidente e Jango, para vice.
Seria Jan-Jan ou já, já vai dar m...?

29 DE MARÇO DE 1960

Vai pra Cuba

Um dos Jan, da dupla Jan-Jan, desembarcou hoje em Cuba, com uma comitiva de 43 pessoas. Elogiou a reforma agrária, exaltou a liderança de Fidel Castro e defendeu reatar laços com a União Soviética.

Não amigos, não foi o Jango. Foi o outro, o Jânio.
Essa República está cada vez mais louca.

Agora só falta...

...Jânio condecorar alguém como Che Guevara.

Não falta mais nada: alguns meses depois de empossado, Jânio condecorou Che Guevara com a Grã-Cruz da Ordem Nacional do Cruzeiro do Sul. Vai entender...

3 DE OUTUBRO DE 1960

Direita em festa

Deu Jânio com 48% dos votos, contra 32% de Lott.
Agora é arregaçar as mangas e focar nos assuntos relevantes do país.

5 DE MARÇO DE 1961

Sina

Senhores, o governo mal começou e o quadro é preocupante.
Jânio coloca as pautas de costumes à frente das grandes questões nacionais.
A insistência em tratar de assuntos irrelevantes assusta até a direita que o elegeu.
As crises não vêm da oposição. São criadas pelo próprio presidente, tá ok?

18 DE AGOSTO DE 1961

Doido mesmo

A República já teve um doido de carteirinha, Delfim Moreira. Jânio está tentando superar...

É tanta maluquice que a coluna decidiu publicar trechos dos decretos assinados pelo presidente:

• **Decreto do cinema**
(Nº 50.765, de 9 de junho de 1961)
Considerando que a propaganda comercial nas casas de espetáculos, com ingresso pago, constitui forma de exploração do público;

Decreta: Art. 1º - É vedada, nos cinematógrafos do País, com ingresso pago, a propaganda comercial de quaisquer modalidades.

• **Decreto do órfão**
(Nº 50.912, de 5 de julho de 1961)
Considerando a necessidade de incentivar o princípio de solidariedade humana;

Decreta: Artigo único - Fica instituído o "Dia do Órfão", que será comemorado, todos os anos, a 24 de dezembro.

• **Decreto do hospital**
(Nº 50.871, de 27 de junho 1961)
Art. 1º - Fica instituída de acordo com a tradição, a data de 2 de julho como

"Dia do Hospital", a fim de que seja comemorada a criação dos hospitais no Brasil.

• **Decreto da polêmica
(Nº 50.812, de 17 de junho 1961)**
Considerando que menores de idade não devem participar de debates de caráter polêmico, ou de natureza político-partidária ou político-doutrinária, através do rádio ou da televisão;

Decreta: Art. 1º - Fica proibida, em todo território nacional, a transmissão de programas radiofônicos e de televisão, com a participação de menores de 18 anos, desde que neles se aprovem debates ou entrevistas de cunho polêmico, qualquer que seja o horário.

• **Decreto da moral
(Nº 50.840, de 23 de junho de 1961)**
Art. 4º - As estações emissoras de rádio ou televisão não poderão difundir em seus programas textos, expressões ou imagens que:

a) atendem, direta ou indiretamente, contra a moral ou os bons costumes;

b) possam suscitar animosidade ou desentendimento entre as classes Armadas, ou entre estas e as autoridades civis, e instituições do País;

c) instiguem à desobediência ou ao descumprimento das normas legais;

d) incitem ou possam incitar greves ou subversão da ordem pública;

e) contenham menosprezo, injúria ou desrespeito às autoridades constituídas, instituições militares, crenças religiosas ou partidos políticos;

f) divulguem informações sigilosas referentes à segurança nacional;

g) divulguem informações de tendência alarmista ou subversiva.

• **Decreto dos artistas estrangeiros
(nº 50.929, de 8 de julho de 1961)**
Considerando que as atividades artísticas de elementos alienígenas no Brasil vêm se processando de forma indiscriminada e sem controle efetivo, com dano ao trabalho do artista e à economia do País;

Decreta: Art. 1º - A contratação de artistas estrangeiros pelas emissoras de rádio e televisão, pelos teatros, "boites" e demais estabelecimentos de diversões públicas, assim como pelos empresários de diversões devidamente registrados, fica condicionada, além da observância das leis referentes à fiscalização e controle da atividade de estrangeiro no País, às normas fixadas por este Decreto.

Parágrafo único - Os concertos e os artistas e cantores líricos, contratados para temporadas, ficam dispensados da contribuição prevista neste artigo.

- **Decreto da medalha**
(Nº 51.061, de 27 de julho de 1961)
Art. 1º - Fica instituída medalha, a ser concedida pelo Presidente da República, ao funcionário que completar cinquenta anos de serviço público, sem falta grave.

- **Decreto do hipnotismo**
(Nº 51.009, de 22 de julho de 1961)
Art. 1º - Ficam proibidas em todo o território nacional as explorações comerciais, com ou sem fito de lucro, de espetáculos ou números isolados de hipnotismo e letargia de qualquer espécie, tipo ou forma, apresentados em clubes, auditórios, palcos ou estúdios de rádio e de televisão, bem assim em quaisquer locais públicos, com ou sem pagamento de ingresso.

Cenas como essa o leitor não vai mais ver: decreto de Jânio proibiu sessões de hipnotismo em público

- **Decreto da censura prévia**
(Nº 51.134, de 3 de agosto de 1961)
Art. 2º - Não será permitido, no rádio ou na televisão, programa que:

I - contenha cenas imorais, expressões indecentes, frases maliciosas, gestos irreverentes, capazes de ofender os princípios de sã moral;

II - possa exercer influência nefasta ao espírito infanto-juvenil, pelas cenas de crueldade ou desumanidade, de vícios ou crimes;*

IV - *explore cenas deprimentes, vícios ou perversões, anomalias, que possam induzir aos maus costumes, ou sugerir prática de crimes;*

V - *sirva para explorar a crendice ou incitar a superstição, através da grafologia, do hipnotismo, da cartomancia, e da astrologia, etc.*

* Alguns itens foram removidos para fins de conforto do leitor.

- **Decreto dos lança-perfumes
(Nº 51.211, de 18 de agosto 1961)**
Considerando que se vem generalizando, de maneira alarmante, a prática de aspiração do "lança-perfume" como meio de embriaguez; Considerando, finalmente, que nada justifica a tolerância do Poder Público para com o emprego da substância nociva à saúde, como instrumento de folguedo carnavalesco, acessível à generalidade da população;

Decreta: *Art. 1º - Ficam proibidos a fabricação, o comércio e o uso do "lança-perfume" em todo o território nacional.*

- **Decreto do maiô
(Nº 51.182, de 11 de agosto de 1961)**
Proíbe o traje de banho nos concursos e desfiles de beleza.
O Presidente da República, usando das atribuições que lhe confere o artigo 87, item I, da Constituição, decreta:

Art. 1º - *Nos concursos de beleza, seleções de representantes femininas e atividades semelhantes, as competidoras e participantes não poderão apresentar-se ou desfilar em trajes de banho, sendo tolerado o uso de saiote.*

19 DE AGOSTO DE 1961

Amigo dos bichos

Jânio também baixou um decreto que proíbe as rinhas de galo.
Vai entrar para a história como o maior amigo dos bichos que o Brasil já teve.

Correção

Na nota publicada acima, onde lê-se "amigo", leia-se "inimigo".

ESSA NOTA VALE UM NOTÃO

A maior briga de galos da história

Cinco dias após a publicação do decreto que proíbe rinhas de galo, a polícia de Minas Gerais reuniu 18 investigadores e anunciou o plano: estourar o maior centro de apostas da capital mineira, controlado por um abastado fiscal de renda do estado. Situada na Rua Cabrobó, na Vila São João, a rinha funcionava aos domingos e feriados, das 9h à meia-noite, tinha serviço de bar e lanche gratuito. Movimentava, num só dia, 50 mil cruzeiros, o equivalente a mais de cinco salários mínimos.

Parênteses: não havia qualquer dificuldade para a polícia, de norte a sul, descobrir onde ficavam os pontos de aposta. Muitas vezes, bastava ler os classificados. Em abril de 1961, o jornal "O Fluminense", do estado do Rio, anunciava: "Bar – Vende-se cantina no Ponto Cem Réis. Tratar na Rinha de Galos".

Fecha parênteses e voltemos a Minas: patrulhas cercaram o local e alguns apostadores conseguiram furar o bloqueio e escapar, pulando o muro dos fundos. Inclusive o tal fiscal de renda. Nem todos tiveram a mesma sorte. Trinta e oito pessoas foram presas e levadas para a delegacia e com elas, 54 galos.

Um investigador, identificado como Aluísio, ficou responsável pelo inquérito, mas nenhum dos presos admitia ser proprietário das aves. "Filho feio não tem dono", reclamou Aluísio. Nem mesmo a estrela do elenco, o esbelto galo cubano conhecido como Fidel Castro, avaliado em 20 mil cruzeiros, teve a propriedade reivindicada.

E o que fazer com os galos apreendidos e sem dono? O decreto republicano era omisso nesse ponto. Afinal, para a República, bastam as boas intenções. O servidor que se vire para encontrar a solução. O delegado mineiro José de Alencar Rogedo enviou os combatentes de penas, acreditem, para a Casa de Detenção Antônio Dutra Ladeira. Na primeira noite, os gladiadores dividiram a mesma cela. "Foi a maior briga de galos da história", definiu a revista "O Cruzeiro". Naquela noite de domingo, ninguém dormiu na casa de detenção.

Um lutador perde seu último round na cozinha da penitenciária: a maior briga de galos de que se tem notícia virou festa para os detentos, que aprovaram a ordem de Jânio

Ao chegar para trabalhar na segunda-feira, o diretor do presídio, José Resende, foi informado do problema. Era hora de contabilizar as baixas: quatro mortos. Fidel sobrevivera. Mas não havia garantia de paz: a briga cessava por algum tempo, mas depois os bichos voltavam a se digladiar.

Os outros presos, os humanos, reclamavam. Do barulho e por não poderem assistir às brigas, já que também estavam atrás das grades. A solução da direção do presídio foi rápida. Como não havia celas individuais para custodiar os 50 galos sobreviventes, foram todos condenados à degola. E servidos ao molho pardo no almoço daquela segunda-feira.

Assim, a República promoveu, sempre com a melhor das boas intenções, a maior chacina de galos da história do país.

21 DE AGOSTO DE 1961

Bye bye

Jan-Jan se separaram.
Calma, não é o que você está pensando. Jânio mandou seu vice para uma viagem à China comunista. Será que volta?

24 DE AGOSTO DE 1961

Autogolpe

Lacerda vai à TV hoje denunciar ter sido sondado para participar de um golpe. Segundo ele, os golpistas querem ampliar os poderes de Jânio. "A crise resume-se em uma trama palaciana, de homens medíocres, tentando resolver por meios ilegítimos as dificuldades do regime brasileiro", dirá Lacerda.
Para o homem ser contra o golpe, é porque está feia mesma a situação da República.

25 DE AGOSTO DE 1961

Jânio fora

E não é que Jânio renunciou?
Bem ao seu estilo, ele mandou um tuíte, aliás, um bilhete para o Congresso: "Nesta data, e por este instrumento, deixando com o ministro da Justiça as razões de meu ato, renuncio ao mandato de presidente da República".
Em outro documento, mais extenso, ele cita forças terríveis como motivo de seu afastamento.
Forças terríveis? Será que a gente já viu de tudo neste República?

Até tu?

Muitos governadores telefonaram para hipotecar solidariedade a Jânio. Entre eles o do Rio Grande do Sul, Leonel Brizola, cunhado de Jango. Mas ninguém fez força de verdade para o louco da vassoura ficar na presidência e com mais poderes.

7 DE SETEMBRO DE 1961

Vai ter golpe

Não teve autogolpe de Jânio, mas vai ter contra Jango.
Ficou combinado que a República experimentará um período parla-

mentarista, que começa amanhã. Depois, em plebiscito, o povo decide se voltaremos ao presidencialismo.

12 DE SETEMBRO DE 1961
O plebiscito
A coluna só gostaria de lembrar que o combinado era fazer um plebiscito para saber se o povo queria mesmo a República.
Até hoje não marcaram a data. Estamos esperando.

6 DE JANEIRO DE 1963
É presidente
Deu presidencialismo com 9.457.488 votos. O parlamentarismo perdeu com 2.073.582.

1º DE MARÇO DE 1963
Parece, mas não é
Jango pensa que é Getúlio Vargas. A coluna duvida. Ele está mais para Washington Luís, o presidente que seu padrinho político derrubou em 30.
É bom articulador, mas tem dificuldades de ler cenários políticos e confia demais na lealdade de seu dispositivo militar. Além do mais, é muito bonachão para um momento nervoso como este.
Assim como Washington, Goulart não percebe que o mundo se desmorona à sua volta.

Aliás...
Washington Luís era um pão. Não podemos dizer o mesmo de Jango.
Mas sua mulher, Thereza Goulart, é uma gata.

28 DE SETEMBRO DE 1963
Cheiro no ar
A coluna, cansada e velha de guerra, tem sentido cheiro de golpe no ar.
E Goulart tem um problema adicional: o Serviço Federal de Informações e Contrainformações (SFICI), a quem cabe manter o presidente informado, está sem recursos.

2 DE OUTUBRO DE 1963

Fora CIA

A coluna recebeu informação de que Goulart recusou ajuda da CIA, que passou a colaborar com o governador da Guanabara, Carlos Lacerda.
Assim, Lacerda está mais bem informado do que o próprio Goulart.

3 DE OUTUBRO DE 1963

Goulart não ouve

O combalido SFICI tem sido ignorado pelo presidente nas escolhas para os comandos militares.
Três nomes vetados pelo SFCI (general Benjamim Galhardo, Amaury Kruel e Justino Alves Bastos) assumiram, respectivamente, os comandos importantes do III, II e IV Exércitos.

4 DE OUTUBRO DE 1963

Fala, cunhado

Nada como ter um cunhado como conselheiro.
Com o apoio de Brizola, Goulart enviou ao Congresso uma mensagem solicitando a decretação do estado de sítio por 30 dias.
É para acalmar a situação, explicou Brizola.

7 DE OUTUBRO DE 1963

Ninguém quer

Não durou três dias a ideia de Goulart de decretar estado de sítio.
O presidente retirou a mensagem do Congresso.
Nem o PTB quer, porque teme que a medida seja usada contra a esquerda.
Já a UDN não quer porque teme que a medida seja usada contra a direita.
A ideia só serviu mesmo para alimentar a teoria de que Jango quer, na verdade, dar um autogolpe para fazer as reformas na marra.

13 DE MARÇO DE 1964

Falastrão

Goulart não ouve quem deveria e fala mais do que o grave momento recomenda.

No comício realizado hoje, o presidente voltou a agitar suas bandeiras. Reforma agrária, urbana, bancária, controle sobre o capital estrangeiro no país, nacionalização de empresas estrangeiras, neutralidade em relação a Cuba...
Essa coluna está velha, doente, cansada e com saudades de Dona Cassandra.

18 DE MARÇO DE 1964

Eleições

A coluna já mira nas eleições de 65. São dois candidatos fortes: Lacerda e JK. Seja qual for o vencedor, o fantasma do comunismo fica afastado. Segundo pesquisa do Ibope, JK lidera a preferência do eleitorado.

20 DE MARÇO DE 1964

Ajudinha

O chefe do Estado-Maior do Exército, general Castelo Branco, selou um acordo militar com os Estados Unidos. O Tio Sam ajudará em casos de ameaças à paz e à segurança.

O acordo teria sido feito à revelia de Jango.
A coluna, que já viu muita coisa, garante: Goulart não se parece com Washington Luís. Ele já é Washington Luís.

1º DE ABRIL DE 1964

Vai ter golpe. De novo

Não é mentira: estourou o golpe.
E não é 1º de abril.
O movimento estourou ontem, 31 de março.

Conclusões

O dispositivo militar não existia.
O Serviço Federal de Informações e Contrainformações não vale um tostão furado.
João Goulart não reagiu.
Jango foi vice do JK, vice do Jânio, quando assumiu a presidência o país tornou-se parlamentarista e no momento em que o presidencialismo foi restabelecido não tardou a ser golpeado.
Deixou a vida no Brasil para entrar na história do exílio.

BANCO CENTRAL DO

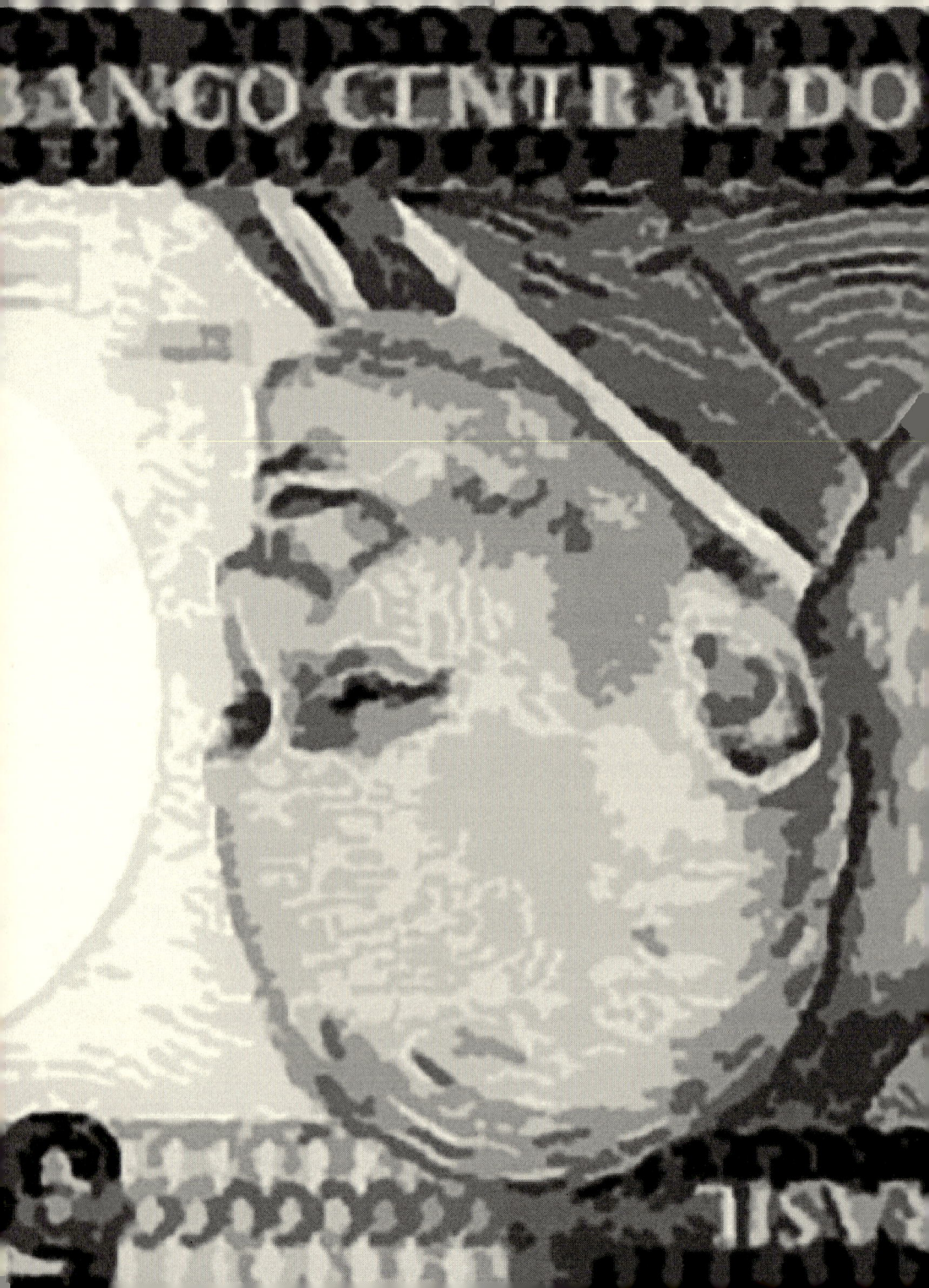

Chuva forte, raios e trovadas

5 DE ABRIL DE 1964

Vem eleição

A coluna, velha de guerra, já viu muitos golpes neste República entrarem para a história como revolução.

E só faz um voto: que o período de intervenção seja breve e que venham as eleições presidenciais de 65.

7 DE ABRIL DE 1964

O ex

Quem diria, o ex-presidente Dutra reapareceu.

Ele disputará a eleição indireta para decidir o nome do general que levará a República ao encontro das urnas em 65.

O candidato com mais chances é o ex-chefe do Estado-Maior de Goulart, general Castelo Branco.

Outro ex

Além de Dutra, um outro ex-presidente reapareceu: JK.

Encontrou-se com Castelo Branco e manifestou apoio a sua candidatura. O criador de Brasília ressaltou as virtudes "democráticas e legalistas" de Castelo. Seu partido, o PSD, também apoiará o general.

Apoio do Corvo

O provável adversário de JK, Carlos Lacerda, também deu apoio à candidatura de Castelo Branco.

A coluna prevê uma sucessão tranquila em 65: Lacerda ou JK, um ou outro eleito pelo voto direto, receberá a faixa do presidente interino Castelo Branco.

A campanha dos candidatos já está nas ruas, a todo vapor: tudo indica que teremos eleições tranquilas

8 DE ABRIL DE 1964

Ela de novo

Dona Cassandra, a vidente morta pela ditadura de Getúlio, reapareceu em sonho mostrando a boca escancarada. Parecia rir muito de JK e Lacerda.
A coluna acordou quando ela começou a chorar, sabe-se lá por quê!

9 DE ABRIL DE 1964

Não é bem assim

O comando revolucionário editou um ato ditatorial.
Chama-se Ato Institucional. Atinge 102 pessoas, cassa mandatos e suspende direitos políticos.
JK e Lacerda não são atingidos. Uma esperança para as eleições de 65.

Deu Castelo

Castelo Branco venceu com 361 votos.
Juarez Távora obteve três votos e Dutra, que retirou sua candidatura, dois.

Não vale a pena ver de novo

Podem acusar a coluna de velhice. Mas o nome disso é experiência. Já vimos de tudo nesta República, inclusive o governo temporário de Getúlio prometer eleições presidenciais livres, dar um golpe e instituir uma longa ditadura. Fazemos votos para que Castelo não seja o novo Getúlio.

8 DE JUNHO DE 1964

Era só o que faltava

Cassado os direitos políticos de Juscelino por dez anos. O "provisório" de 64 está cada vez mais parecido com o "provisório" de 30.
Só restar torcer por Lacerda. Esse ninguém pode acusar de comunista.

22 DE JULHO DE 1964

Na oposição

Lacerda caiu.
Caiu na oposição.
Ele é contra a prorrogação do mandato de Castelo Branco, o provisório que quer se tornar permanente.

Dita

As eleições presidenciais de 65 são como o pescoço de Castelo Branco: tá difícil de ver. Foram adiadas para outubro de 66.

23 DE JULHO DE 1964

Dura

Não haverá eleições em 66. Presidente, agora, será eleito pelo voto indireto.
Há denúncias de torturas a adversários do governo.
A situação está mais feia que o Quasimodo.

24 DE JULHO DE 1964

Retratação

A coluna não se referiu ao presidente Castelo Branco ao afirmar que a situação estava mais feia que o Quasimodo.
Pedimos desculpas a quem se sentiu ofendido.
A coluna não sabia que os detratores se referiam a Castelo como Quasimodo.

Lá...

Novos pares românticos na República. Lacerda caiu de amores por JK e Jango. Já formam um trisal.

...e cá

Já Castelo Branco está flertando com a linha dura. Vai apoiar Costa e Silva para a sucessão.
É um casal tão feio que corre o risco de ser preso por desacato à beleza.

25 DE JULHO DE 1964

Retratação da retratação

A coluna não quis ofender símbolos nacionais da maior envergadura ao fazer especulações estéticas sobre os heróis do movimento de 64. Pedimos desculpas a quem se sentiu ofendido.

6 DE SETEMBRO DE 1968

Marcito

Por motivos de força superior, a coluna esteve um tempo fora do ar. Mas voltemos a falar de política. Chamou a atenção da coluna um

discurso desimportante na Câmara.
O deputado Márcio Moreira Alves sugeriu que mães e pais não deixem seus filhos desfilarem no Sete de Setembro.
E pede que mulheres e moças não dancem com cadetes ou namorem jovens oficiais.

Risadas

A coluna achou muita graça.
Quem não deve ter gostado foram os gorilas. Afinal, gorilas não entendem piadas de humanos, não é mesmo?

13 DE DEZEMBRO DE 1968

Previsão do tempo

> Tempo negro. Temperatura sufocante. O ar está irrespirável. O país está sendo varrido por fortes ventos. Máx.: 38°, em Brasília. Mín.: 5°, nas Laranjeiras.

14 DE DEZEMBRO DE 1968

Visita à redação

A coluna recebeu ontem a visita de Dona Solange.
Ela lembrou os laços familiares com Lourival Fontes, o homem que também tivemos o prazer de receber no Estado Novo.
Foi um encontro agradável.

21 DE JUNHO DE 1970

90 milhões em ação

SIM!!! Somos tricampeões no México, após uma magnífica vitória por 4 a 1 contra a Itália na final!
O caneco é nosso! Agora ninguém segura esse país! Estamos no rumo certo!
A seleção nacional visitará o supremo líder da nação, Emílio Garrastazu Médici.

6 DE SETEMBRO DE 1970

Viva o Brasil!

Participe da Semana da Pátria. O Brasil está dando certo!

21 DE JUNHO DE 1971

A Amazônia é nossa

"Ocupar para não entregar". Esse é o mantra que precisa ser seguido na Região Amazônica. Afinal, as riquezas brasileiras são alvo da cobiça internacional, especialmente dos americanos.

8 DE NOVEMBRO DE 1974

Pra cima e avante 1

Já temos fábrica de aeronaves, satélites no espaço e o governo ainda nos faz sonhar mais. Foi lançado em Brasília o II Plano Nacional de Desenvolvimento, que vai completar o parque industrial brasileiro.

4 DE SETEMBRO DE 1974

Poesia numa hora dessas?

13 DE NOVEMBRO DE 1976

Pra cima e avante 2

Após o generoso posicionamento do presidente Geisel, que mandou acolher os refugiados da descolonização portuguesa, São Paulo superou o Porto e já é a segunda cidade com mais portugueses no mundo. O Brasil segue na rota correta de crescimento e desenvolvimento.

15 DE NOVEMBRO DE 1979

Não tem bolo

A República completa hoje 90 anos. Mas sem comemorações. Estamos voltando à programação normal de forma lenta, gradual e segura.

15 DE OUTUBRO DE 1980

Flor

A coluna está cada vez mais ranzinza, impaciente e descrente desta República que viu nascer.
Veja só... Há exatamente dois anos, o presidente Figueiredo anunciou que prenderia e arrebentaria quem fosse contra a democracia.
Esse João é uma flor. Um Floriano.

A habitual simpatia do presidente Figueiredo não cativou a menininha presente a uma solenidade oficial

20 DE MARÇO DE 1983

Queremismo geral

A coluna começa a misturar as bolas. Deve ser a idade.
O movimento Queremista voltou, só que desta vez para defender a prorrogação por dois anos do mandato de um outro ditador, o general Figueiredo.
O principal defensor da prorrogação do ciclo militar é ninguém menos que Leonel Brizola.

Queremismo pessoal

É um Queremismo em causa própria: Brizola sonha deixar o governo do Rio e sentar, através de eleições diretas, na cadeira que um dia foi de seu cunhado.
De um gaiato: "É a cadeia da ilegalidade".

10 DE ABRIL DE 1984

Diretas Já 1

Vem aí a emenda que restabelece eleições diretas.
Esta coluna está descrente. Afinal,

viu um imperador ser expulso do país com a promessa de que o povo, enfim, seria livre para escolher o chefe do Poder Executivo. E não foi bem assim.
Não foram eleitos pelo voto direto: Deodoro da Fonseca, Floriano Peixoto, Getúlio Vargas 1, Castelo Branco, Costa e Silva, Médici, Geisel e Figueiredo.

Diretas Já 2

Essa coluna viu uma série de presidentes serem eleitos em pleitos fraudulentos e de cartas marcadas: Prudente de Moraes, Campos Salles, Rodrigues Alves, Afonso Pena, Hermes da Fonseca, Venceslau Brás, Rodrigues Alves (Delfim Moreira), Epitácio Pessoa, Artur Bernardes e Washington Luís.
Se a República confirmar sua vocação, a emenda das Diretas Já não passará.

25 DE ABRIL DE 1984

Resultado

Não passou.

A emenda Dante de Oliveira, que restabelecia eleições diretas, precisava de 320 votos, mas só conseguiu 298.
Essa República não tem histórico de eleições diretas, livres e limpas.

14 DE JUNHO DE 1984

Boataria

Sem diretas, o Brasil vai de indiretas mesmo.
O nome da oposição para a presidência será Tancredo Neves.
A coluna não acredita nas sondagens a José Sarney para ser vice de Tancredo.
Sarney foi da Arena e hoje é do PDS, partido de apoio à ditadura. Não fez sentido.

25 DE NOVEMBRO DE 1984

Quem ele é?

A coluna tá gagá, mas se lembra bem de José Ribamar Ferreira de Araújo Costa, o José Sarney.
Quando surgiu na política, ainda menino, dividiu a UDN.

Como pregava a renovação e a aproximação do partido com o povo, foi tachado de comunista pelo grupo do deputado Herbert Levy.
Já o grupo lacerdista via Sarney apenas como um adesista e oportunista.
Esse Lacerda tinha cada uma...

15 DE JANEIRO DE 1985

Deu Tancredo

Tancredo Neves foi eleito presidente pelo colégio eleitoral do Congresso Nacional.
Recebeu 480 votos contra 180 de Paulo Maluf.
A coluna está emocionada com esse importante passo na transição para a democracia.

14 DE MARÇO DE 1985

Figueiredo e o Corvo

O general Figueiredo deu razão a Lacerda. Acusa Sarney de adesista e oportunista por pular do barco quando a ditadura naufragava.

Ressalva

Mas, pensando bem, se Sarney assumir, num eventual impedimento de Tancredo, a República confirmará sua sina de encerrar ciclos com gente do próprio governo.

Vamos à lista:

O ciclo Dom Pedro II foi encerrado por seu ministro do Exército, Deodoro da Fonseca.
O ciclo Washington Luís foi encerrado por seu ministro da Economia, Getúlio Vargas.
O ciclo Vargas foi interrompido por seu ministro da Guerra, Eurico Gaspar Dutra.
O ciclo Jango foi interrompido pelo seu chefe de Estado-Maior, Castelo Branco.
Só falta o ciclo militar ser interrompido por alguém de seu braço político, a Arena, hoje PDS.

21 DE ABRIL DE 1985

Acabou

Não falta mais nada à República. Tancredo morreu. Sarney assumiu.

12 DE MAIO DE 1985

Tédio

Sarney inventou um tal de Centrão para manobrar na Assembleia Constituinte.
A coluna, velha e cansada, está cada vez mais distante de Sarney e próxima do líder da Assembleia, Ulysses Guimarães.
Dona Cassandra, a vidente morta pela polícia de Getúlio, apareceu em sonho: "Ulysses é nosso Ruy Barbosa da redemocratização. Nunca será. Já o Centrão, sempre será!".

12 DE JUNHO DE 1985

Ursal dos ricos

Portugal assinou sua adesão à Comunidade Econômica Europeia (CEE). O primeiro-ministro Mário Soares liderou a comitiva que formalizou, no Mosteiro dos Jerónimos, a entrada do país no projeto europeu.
Dizem as más línguas que essa tal Comunidade Econômica Europeia vai se tornar uma tal de União Europeia, vulgo Ursal dos ricos.

28 DE FEVEREIRO DE 1986

Decreto

Na noite de hoje, o presidente José Sarney decretou o fim da inflação. Reajustar preços sem autorização pode ser punido com prisão. Congelamento de preços não dá certo desde a antiga Roma, mas o presidente jura que vai funcionar.

22 DE MARÇO DE 1988

Mais um

O povo terá que esperar mais um pouquinho para votar, como prometido em 1889.
Sarney decidiu ficar mais um ano no poder.
Com a ajuda do Centrão.

16 DE DEZEMBRO DE 1989

Novidades...

Enfim, teremos o segundo turno das eleições diretas e são duas as novidades.
Dois garotos: um se chama Collor, o outro, Lula.

Começou a campanha do segundo turno dessa tão aguardada eleição: a briga vai ser entre dois garotos

...não tão novas

A bem da verdade, um dos candidatos não é exatamente uma novidade.
Fernando Collor é neto de um contemporâneo da coluna, o velho Lindolfo Collor, e filho de Arnon de Mello. Dois políticos. O sangue da República corre nas veias desse candidato.
Mas ele diz que é contra a velha política. De novo isso.

Clone

A coluna anda com a vista muito embaçada e começa a enxergar fantasmas por todos os lados.
Onde deveríamos ver Collor, vemos Jânio.
A coluna já cogita pendurar as chuteiras.

Cara de um...

O garoto Collor promete varrer a corrupção do país, como o velho Jânio.
É liberal na economia e conservador nos costumes, como o velho Jânio.
Busca uma ligação direta com os mais pobres, os descamisados, como o velho Jânio.
Promete afastar definitivamente o perigo comunista do país, como o velho Jânio.
De novo!?
A coluna reafirma: já cogita pendurar as chuteiras.

17 DE DEZEMBRO DE 1989

Resultado

Deu Jânio.
Collor levou com 35.089.998 votos, contra 31.076.364 de Lula.

16 DE MARÇO DE 1990

Era só o que faltava

A coluna acreditava que já tinha visto de tudo, mas não, sempre é possível piorar.

A confusa ministra Zélia Cardoso de Mello anunciou que todos os depósitos em caderneta de poupança e contas correntes que superem 50 mil cruzados novos estão confiscados e serão devolvidos em 18 meses.

Com 50 mil cruzados novos dá para comprar só 37 cestas básicas.

Diante da tragédia, só nos resta cantar com Jorge Ben, que um dia vai ser Ben Jor:

Lá da rampa mandaram avisar
Que todo dinheiro será devolvido
Quando setembro chegar
Num envelope azul indigo

27 DE MAIO DE 1992

Inédito

A coluna já viu muita traição na política.

Mas irmão traindo presidente é a primeira vez.

Caim e Abel

Pedro e Fernando Collor lutam como Caim e Abel.
Uns dizem que é por dinheiro.
Outros, por ciúmes.

E o Lindolfo...

A coluna imagina a tristeza do velho Lindolfo, avô de ambos.
Foi da Lava-República, participou da Revolução de 30, assumiu como primeiro ministro do Trabalho da história e rompeu com Getúlio depois do empastelamento do "Diário Carioca", em 1932.
Lindolfo não está entre nós para ver tamanha decadência moral.
A coluna lamenta não ter nascido em Macondo para assistir a tanto realismo fantástico desta República.

A bela

No meio da confusão, há uma bela morena: Thereza Collor.
Pedro diz que, durante uma crise conjugal, ele estava na Europa e o irmão, então governador de Alagoas, chamou a cunhada no palácio para... dar conselhos.

E a fera

O encontro ocorreu, segundo Pedro, "num lugar onde ele (Fernando) tinha intercurso com algumas moças...".
E pensar que o mote "cunhado não é parente" era usado na República para fins políticos.
Pobre Lindolfo. Homem honrado. A coluna está assustada com os novos tempos.

6 DE JUNHO DE 1992

A crise

A idade provecta permite à coluna explicar de forma sucinta a crise familiar que virou crise republicana: Pedro diz que Collor é ladrão, que diz que Pedro é maluco.
Os dois concordam num ponto: Thereza é linda!

Não vale a pena ver de novo

De novo, só se fala em mar de lama neste governo.
PC Farias é o novo Gregório.
Só falta essa história acabar em sangue também.

30 DE JUNHO DE 1992

Tolerância zero

Um partido político tem sido o mais aguerrido nas denúncias contra Collor.
Prega tolerância zero com a corrupção e defende uma cruzada pela moralidade na política.
Atende pelo nome de Partido dos Trabalhadores.
Só falta falar em impeachment do presidente.

Será a UDN?

A vista embaçada nos confunde.
A coluna olha o PT, mas enxerga a UDN pela sua obstinação no discurso contra a corrupção.
Não é à toa que o genro do Jango chama esse partido de "UDN de macacão".

17 DE JUNHO DE 1992

Vai ter golpe?

Não falta mais nada. O PT considera o impeachment um imperativo ético.

A coluna reproduz a nota divulgada pelo partido:
"O PT entende que o presidente Fernando Collor deveria renunciar, frente à gravidade das denúncias; se não o fizer, e, comprovadas as acusações, consideramos imperativo ético e político do PT propor o impeachment do presidente da República."

10 DE JULHO DE 1992

Não vai ter golpe 1

E por falar nele... Brizola, que já foi o incendiário desta República, virou bombeiro. É contra o impeachment.
Considera golpe todo e qualquer afastamento de presidente eleito pelo voto popular.
Está apoiando Collor.

Não vai ter golpe 2

Collor faz coro com Brizola e diz que está sendo vítima de um "sindicato do golpe".
Sindicato? Golpe? É uma direta para o PT.

Resumo

Em síntese: para o PT, impeachment, com provas, não é golpe. É solução.
PT saudações.

Sonho

A coluna sonhou com Dona Cassandra, a vidente morta no Estado Novo.
Ela aparecia com uma estrelinha no peito e gritava "não vai ter golpe".

20 DE SETEMBRO DE 1992

Solução

Collor tenta de tudo para evitar o impeachment.
Chamou Fernando Henrique Cardoso para o ministério das Relações Exteriores.
Vem a ser neto de Joaquim Ignácio Baptista Cardoso.

Fica para depois

Se FHC vier a ter relevância maior na República, contaremos mais adiante essa história.

25 DE SETEMBRO DE 1992
Não vai
O PSDB não deixou FHC aceitar o convite.

29 DE SETEMBRO DE 1992
Resultado na Câmara
Deu impeachment.
E de lavada. Foram 441 votos a favor e só 38 contra.

29 DE DEZEMBRO DE 1992
Tal e qual
Collor não completou o mandato.
Como Jânio.
A coluna avisou.

Topete
Itamar é um vice que não conspirou. Pelo menos, testemunhamos uma novidade nesta nova fase da República.
A coluna está cansada de ver nosso país andar em círculos, como um Fusca sem rumo. Fusca? De onde a coluna tirou essa ideia? O carro nem existe mais. Saiu de linha em 1986.

22 DE FEVEREIRO DE 1993
É carnaval
O vice que virou presidente topetudo apareceu com uma modelo sem calcinha no Sambódromo.
A coluna já viu muita coisa nesta República, mas nossa vista embaçada nos impede de descrever melhor a cena.
A falta de memória também.

23 DE AGOSTO DE 1993
Ele voltou
Itamar repetiu JK em 1959, quando o primeiro carro foi produzido no país, e posou para fotos sorridente num Fusca conversível.
É o velho de novo, vestido de novo.
De novo!

Aliás...
Está difícil arrumar um comprador

para o novo velho Fusca produzido por inspiração do presidente Itamar. O primeiro modelo foi oferecido a ele, mas Itamar recusou: "Não tenho dinheiro. Só compro se puder pagar em três vezes".

A saber

Presidente pobre, governo rico.
A Autolatina, produtora do Fusca, ganhou isenção de Imposto sobre Produtos Industrializados para fazer o Fusca.
Mesmo assim, o carro custa duas vezes mais do que o modelo antigo.

Buracos, voltei.

Após oito anos, o Fusca voltou a ser fabricado por incentivo de Itamar. Mas nem o presidente quis comprar

28 DE FEVEREIRO DE 1994

Moeda

A República mudará de moeda.
Vai se chamar réis.

Errata

Na nota anterior, onde lê-se "réis" leia-se "real".
Real também era a moeda do Império, que tinha como plural "réis". Pedimos desculpas aos leitores pelo erro.

Congelamento

Na última hora, a MP do Plano Real quase não saiu.
Itamar queria porque queria a inclusão de um congelamento de preços.
Como é turrão esse Itamar!

3 DE MARÇO DE 1994

Troca-troca

Uma das características mais marcantes da nossa República é o grande número de troca-troca de moedas.
Talvez meus 17 leitores se surpreendam, mas, pra valer mesmo, o país teve até agora só três: real, cruzeiro e cruzado.
No mais, houve apenas variações das mesmas.

ESSA NOTA VALE UM NOTÃO

Dinheiro dos tempos do Império

O Brasil nasceu como nação independente, mas a moeda se esqueceu de dar o grito do Ipiranga. Continuou colonial e atendia pelo nome de real, referência claríssima à Coroa Portuguesa. A moeda continuou assim durante todo o Império, mas com o acelerar da inflação houve a necessidade de um pequeno ajuste: o mil-réis. Como o próprio nome sugere, mil unidades da moeda real passaram a ser chamadas de mil-réis.

É curioso, mas a moeda que tinha o nome da realeza sobreviveu à proclamação da República e permaneceu em circulação até a ditadura do Estado Novo de Getúlio. E só foi substituída pelo cruzeiro como estratégia de redução da inflação.

O Cruzeiro (do Sul) está em nossa bandeira desde a proclamação e foi apropriado como símbolo da República. A moeda, introduzida em 1942, não funcionou para baixar a inflação. A bem da verdade, os governos que o gerenciavam gastaram sem dó nem piedade e ainda emitiram novas notas. Nas mãos deles, nem o céu era o limite para o gasto público. E o cruzeiro foi naufragando.

No regime militar, após um esforço de redução da inflação no governo Castelo Branco, cortaram-se três zeros e o cruzeiro foi substituído pelo cruzeiro novo em 1967. Teve vida curta e em 1970 voltou a se chamar apenas cruzeiro, que permaneceria até 1986. Ou seja, cortou-se zero, mudou o nome e tudo ficou igual.

Com a Nova República, o governo escolheu a inflação como inimiga número 1. Em 28 de fevereiro de 1986, o presidente Sarney foi à TV, congelou os preços, cortou outros três zeros e mudou o nome da moeda, que agora se chamaria cruzado. Menos de três anos depois, caíam mais três zeros e a moeda virava cruzado novo.

Veio o presidente Collor e mais uma moeda nova foi cunhada em seu primeiro dia de mandato, em 1990, mas sem corte de zeros. Saía de cena o cruzado novo e voltava o cruzeiro, que em 1993 perderia três zeros e viraria cruzeiro real.

Em 1994, a inflação enfim foi debelada com uma moeda nova, mas de nome velho. Está de volta o real. Só que dessa vez o plural em vez de "réis" virou "reais".

O CENTRAL DO BRA

1

REAL

Coleção de figurinhas repetidas

2 DE ABRIL DE 1994

FHC vem aí

O ministro da Fazenda, Fernando Henrique, será candidato a presidente por conta do real.
Pela primeira vez na República teremos um candidato moeda.

29 DE ABRIL DE 1994

Um republicano

A coluna se lembra muito bem do avô de FHC, Joaquim Ignacio Baptista Cardoso.
Quando iniciava a carreira de oficial do Exército, Joaquim participou ativamente da proclamação da República.
Esteve lado a lado da coluna na trincheira republicana.

22 DE MAIO DE 1994

Um príncipe

Mas, cá entre nós, apesar desta ascendência republicana, esse menino FHC tem vocação para príncipe.
Não é à toa que a moeda lançada por ele se chama real.
Nem Dom Pedro ousou tanto.

31 DE MAIO DE 1994

Senzala

E não é que o príncipe FHC já quer fazer a intimidade com os plebeus? Disse que tem um pé na cozinha. Certo está Millôr Fernandes: só se for na cozinha do Massimo ou do Fasano.

Sem preconceito

A propósito: a declaração foi dada em resposta ao candidato do PMDB, Orestes Quércia, que o chamou de candidato de mãos brancas.
"Um candidato disse que eu tinha as mãos brancas. Eu não. Minhas mãos são mulatinhas". E acrescentou: "Tenho um pé na cozinha. Eu não tenho preconceito".

Perguntar não ofende

Seria um novo Nilo Peçanha?
Novo como o Fusca Itamar.

5 DE AGOSTO DE 1994

Troca de gentilezas

O príncipe FHC concorrerá com Lula.
A coluna gostaria de lembrar alguns fatos:
Quando Fernando Henrique concorreu ao Senado, em 1978, o então metalúrgico Lula o apoiou e divulgou uma carta na qual se referia a FHC como reserva moral do país.
No segundo turno das eleições de 89, FHC apoiou Lula contra Collor.
O amor é lindo. Principalmente na política.

21 DE AGOSTO DE 1994

Fantasmas

Como nossos leitores sabem, a vista embaçada faz a coluna ver fantasmas.
Onde deveríamos ver FHC, vemos Campos Salles.

Cara de um...

O príncipe Fernando Henrique Cardoso se propõe a arrumar a economia nacional, como o velho Campos Salles.
Promete diminuir o tamanho do estado, como o velho Campos Salles.
Fala em privatizações, como o velho Campos Salles.
Tem obsessão em controlar a inflação, como o velho Campos Salles.

3 DE OUTUBRO DE 1994

Resultado

Deu Campos Salles.
FHC ganhou de lavada.
Foram 54,3% dos votos, contra 27% para Lula.

15 DE OUTUBRO DE 1994

Ideia

O PT ainda lambe as feridas da derrota, mas o secretário geral do partido, Gilberto Carvalho, teve uma ideia: promover seminários com especialistas em marketing político para o partido vencer em futuras eleições.
Esse negócio de marqueteiro pode dar caldo. Caldo de cana.

Sonho

Em rápida aparição em sonho, Dona Cassandra disse apenas: "Se não fizerem o Ministério do Vai Dar M..., no futuro vai dar m...".

Votos

A coluna faz votos para que FHC tenha sucesso na sua missão. E que não termine seu mandato como Campos Salles.

O velho presidente arrumou a economia, mas para isso teve que buscar ajuda financeira internacional. Acabou acusado pela oposição de entreguista, lacaio do capital internacional, comandante da privataria, defensor de arrocho e inimigo dos pobres.

Sorte que nossa República não é repetitiva.

15 DE FEVEREIRO DE 1995

Nhe-nhe-nhem

Quer tirar FHC da linha? É só chamá-lo de neoliberal.

"Quem nasceu bobo morre bobo, se não fizer uma boa escola. Então, vai repetir nhe-nhe-nhem neoliberal, nhe-nhe-nhem neoliberal", rebateu FHC, ao ser perguntado se era neoliberal.

Escola para bobos. Matrículas abertas!

Coleguinha

Um garoto — um estagiário se comparado com esse carcomido e bolorento colunista — lançou uma coluna usando o mote de FHC: "Nhenhenhém de Brasília".

Ai, que inveja!

Control C, control V

O nome do rapaz: Jorge Bastos Moreno. Esta coluna pede licença para reproduzir uma nota sobre vices e conspirações, publicada pelo nosso mais novo concorrente na edição de "O Globo":

Durante a última viagem de FH ao exterior, Marco Maciel recebeu em audiência para a reeleição mais de cem parlamentares dos mais diferentes partidos, inclusive alguns da oposição. Ao ver sobre a mesa da liderança do governo a vasta agenda do vice, Moreira Franco não se conteve: "Se ele não fosse tão fiel, com esse número de gente que está recebendo, eu juro que diria que não estava nem conspirando, mas com o golpe de estado em marcha para derrubar o titular".

Futurologia

O recorte de jornal, cujo teor reproduzimos acima, foi deixado num envelope assinado, misteriosamente, por Dona Cassandra, a vidente do Largo do Carioca, que já passou dessa para melhor.
Num bilhete manuscrito (a coluna jura que é a caligrafia da Cassandra), o autor pedia que gravássemos essas palavras de Moreira: "vice", "conspiração" e "golpe de estado". Quem somos nós para não atender Dona Cassandra.

Adendo

Em tempo: cacique do PMDB, Moreira Franco é genro do Amaral Peixoto, que era genro do Getúlio. Ou seja, tem sangue da República nas veias.

18 DE MAIO DE 1995
Na dose certa

A República nunca viu um vice tão discreto quanto Marco Maciel.
Um sábio explicou à coluna: "Sabe a diferença entre Collor e Marco Maciel? Collor quis mandar muito em pouco tempo. Marco Maciel manda pouco durante muito tempo".

17 DE AGOSTO DE 1996
Rei dos baixinhos

Sarney deixou o governo sob vaias, mas agora desfruta de alta popularidade. Ou, pelo menos, pensa que.
O hoje senador da República fez um giro pelo Maranhão e Amapá, seu novo domicílio eleitoral, e está espalhando pelos quatros ventos que arrastou multidões por onde passou.
O ônibus em que viajava tinha dificuldade em seguir viagem, tamanho o assédio popular.
Perguntado se estava sozinho no ônibus, Sarney confessou: "Não, estava com a Xuxa".

Explica-se

Sarney visitou Macapá, capital do Amapá, acompanhado da Rainha dos Baixinhos para distribuir ambulâncias.
Ah, bom.

2 DE SETEMBRO DE 1996

Mata a cobra

Esta coluna já viu ministro da Justiça de tudo quanto é jeito. Menos nu.
Mas este tabu caiu. Aliás, caiu foi a roupa do ministro Nelson Jobim.

E mostra o...

A cena de nudismo aconteceu quando o ministro da Justiça visitava o Parque Nacional do Xingu. Acompanhado do presidente da Funai, Júlio Gaiger, Jobim ficou irritado ao ser flagrado pelas lentes fotográficas de jornalistas que acompanhavam a viagem.
Jobim e Júlio estavam numa lagoa da aldeia Cuicuru. Júlio estava nu. Jobim, dizem as fontes da coluna, também.

Esclarecimento

A propósito: Jobim estava no Xingu para o Quarup, festa na qual os índios reverenciam os mortos.

O ministro Nelson Jobim é durão: mata a cobra e mostra a mesma. Vai acabar numa vaga no STF

7 DE ABRIL DE 1997

Matou a pau

Lembram de Nelson Jobim, o ministro que teria ficado pelado no Xingu?
Foi nomeado ministro do STF.
Nesta República, toda nudez será premiada.

29 DE ABRIL DE 1997

Mais quatro

O príncipe FHC parece que tem o rei na barriga. Acha mandato presidencial de quatro anos muito mixuruca.
Quer ficar oito anos no Planalto.

4 DE JUNHO DE 1997

É a economia, estúpido

FHC ganhou mais quatro anos. E muita dor de cabeça.
É acusado de comprar votos para a reeleição.
A economia, para piorar, não vai tão bem.

Nenhuma novidade

Além disso, há o fantasma da corrupção. Sempre ela.
O PT, aquele que a coluna confunde com a UDN, continua tremulando sua bandeira pela moralidade na política.
A ala mais radical já fala até em antecipar eleições e tirar Fernando Henrique.

O Corvo

Aliás, o slogan "Fora FHC", embalado pela ala mais radical do PT, ia encher Lacerda de orgulho.
Uma das estrelas da legenda, Cristóvam Buarque, ex-governador de Brasília, condena o movimento: "Antecipar as eleições não é muito diferente de golpe".
Por falar em golpes, a coluna prevê que Cristóvam Buarque sempre será amado pelo PT.

7 DE AGOSTO DE 2002

FMI

Em fim de mandato, nosso presidente vai buscar empréstimo internacional.
Assim como Campos Salles pediu ajuda aos Rothschild & Sons, FHC recorreu ao FMI.
E, como um rei, quer que os candidatos à sucessão se comprometam a cumprir o acordo.
Como se até a oposição fosse composta de súditos.
Imagina se Lula, candidato novamente, vai aceitar uma coisa dessas...

15 DE AGOSTO DE 2002

Topa tudo por dinheiro

Lula e o PT aceitaram cumprir o acordo com o FMI. "Não tem coisa que eu sou mais contra do que dentista, mas eu vou de vez em quando", justificou Lula.
E o PT ainda lançou uma tal Carta ao Povo Brasileiro. Promete não fazer o que sempre prometeu fazer na economia.

5 DE SETEMBRO DE 2002

Alucinação

A coluna nunca imaginou que um dia o ditador anticomunista Getúlio fosse ser confundido com um líder de esquerda.
Mas a coluna, ultimamente, quando não sonha com Dona Cassandra, tem alucinações com Lula e Getúlio.

27 DE OUTUBRO DE 2002

Resultado

Deu Getúlio.
Lula venceu por 52.793.364 votos, contra 33.370.739 de José Serra.

30 DE OUTUBRO DE 2002

Registro

A coluna foi contemporânea de Lindolfo Collor e Joaquim Cardoso. Mas não conhece um ascendente sequer de Lula.
Isso só aconteceu, em mais de cem anos, quando Nilo Peçanha, filho do padeiro, chegou à presidência.
É alguém do povo no poder. Pela segunda vez.
Um ex-operário, é a primeira.

31 DE DEZEMBRO DE 2002

Nossos votos

A coluna faz votos para que Lula tenha êxito na missão e evite as armadilhas que Getúlio enfrentou. Desejamos que o futuro presidente não dê razões para que a oposição explore algum mar de lama.
E nem se faça de desentendido quando um auxiliar muito próximo meter o governo numa encrenca.

Como fez Getúlio em 1954.

21 DE FEVEREIRO DE 2003

Cara de um

O garoto Lula transita bem entre todos os andares da República. Da portaria à cobertura, como o velho Getúlio.

Para uns, é o pai dos pobres. Para outros, a mãe dos ricos, como o velho Getúlio.

Está cercado de radicais, e com isso acaba se parecendo bem moderado, como o velho Getúlio.

Tem o petróleo no coração, como o velho Getúlio.

E é, sobretudo, bastante dúbio. Fala o que a plateia quer ouvir, como o velho Getúlio.

Com a corda toda

Não nos esquecemos de FH.

Ele está morrendo de rir do início do governo Lula, já que a equipe econômica do PT resolveu ser mais ortodoxa do que a tucana.

Mais corda

O ex está encantado com uma novidade que abala a coluna: a internet. Quem conta, de novo, é Jorge Bastos Moreno:

FH, que se julgava igual, agora está se sentindo o próprio Deus. Pelo dom de estar em Paris e em Brasília ao mesmo tempo. Isso, por estar lendo os jornais pela internet. "Estão fazendo tudo o que eu fazia, principalmente na economia". FH está achando Lula um Marco Maciel em exercício.

8 DE SETEMBRO DE 2003

Ego

Lula é um garoto, mas se acha Deodoro. Pensa que a República nasceu com ele.

É um tal de "nunca antes neste país"...

14 DE MAIO DE 2005

Batismo

A economia começa a melhorar e o bolo, a crescer. Os pobres, desta vez, vão bem. Mas a política vai mal. Mar de lama mudou de nome. Agora é mensalão.

Para celebrar nossa farta produção de petróleo, Lula repetiu o gesto de Getúlio: a Petrobras segue firme, sólida e um exemplo cada vez maior de gestão eficiente

22 DE ABRIL DE 2006

Repeteco

Só pode ser alucinação desta coluna. Para comemorar a autossuficiência do Brasil na produção de petróleo, Lula repetiu Getúlio. Posou para fotógrafos com a mão suja com o ouro negro. Como Getúlio, em 1952.

Previsão

Dona Cassandra, com as mãos sujas de óleo, apareceu para a coluna num pesadelo e garantiu: "Selou seu destino".

29 DE OUTUBRO DE 2006

Pré-sal

Com mar de lama e tudo, Lula é reeleito. Escapou da sina de Getúlio. Está flutuando com o tal "Passaporte para o futuro".

2 DE JANEIRO DE 2007

O que é, o que é

A coluna é do tempo da carruagem. Sabe pouco destas novas fontes de energia. Mas entende que o pré-sal é uma espécie de Petrobras 2. Enfim, Lula terá uma Petrobras para chamar de sua.
Dá-lhe Getúlio!

Antiga capital

Por falar em carruagem e Getúlio, andar pelo Rio é passear pela Velha República e reencontrar nossos presidentes. Como eu explico no textão aí do lado.

ESSA NOTA VALE UM NOTÃO

Onde os presidentes fazem esquina

Tamanho não é documento. Quem inventou essa premissa nunca circulou pela antiga capital da República. O mapa do Rio é a prova, em metros quadrados, de nossa generosidade na hora de homenagear presidentes gastadores. Para os mandatários avarentos, aqueles que se preocuparam mais com a austeridade fiscal do que com grandes obras, foi reservada uma deferência sovina.

Deixemos de lado os entretantos e vamos direto aos finalmentes. Para Deodoro, nem rua ou avenida serviram: ele virou nome de um bairro, sede do maior quartel do Exército do país. Afinal, Deodoro merece: foi gastador e emissor de moeda. Já Prudente de Moraes, também gastador, batiza uma avenida importante no elegante bairro de Ipanema. Rodrigues Alves saiu gastando e fazendo obras. Resultado? A principal avenida do Porto do Rio ganhou seu nome.

Nilo Peçanha criou novos órgãos, gerou empregos públicos e inaugurou o Nilismo, o avô do populismo. A Nilo Peçanha margeia o Largo da Carioca. Venceslau Brás emitiu dinheiro e gerou inflação. Mereceu uma bela e larga avenida em Botafogo. Epitácio Pessoa derrubou o Morro do Castelo, construiu a Beira Mar e gastou como se não houvesse amanhã. O que ele merece? A elegante e enorme via que contorna metade da Lagoa. Até Washington Luís, apeado do poder por Getúlio, mereceu uma bela homenagem. Afinal, para ele, governar era abrir estradas. Nada mais justo do que ganhar uma para chamar de sua: a Rio-Petrópolis.

Agora vamos aos presidentes austeros. Artur Bernardes, que pagou a conta da gastança de Epitácio, aumentou tributos e cortou despesas, virou rua secundária no Catete. Campos Salles, que reestruturou a dívida externa e deixou o governo com cofre cheio, tornou-se nome de uma pequena rua da Tijuca.

Ó, céus! Mais do que documento, tamanho em nossa República é atestado de que a memória afetiva política é como as contas públicas: desequilibrada.

10 DE DEZEMBRO DE 2008

Bombando

O Brasil está na moda. Tem crescimento com distribuição de renda. Lula consegue o que parecia impossível: reúne o apoio do arco mais conservador da política brasileira. Nem Collor escapou ao encanto do PT. Ou será o contrário?

22 DE OUTUBRO DE 2009

Judas

Lula explicou assim suas alianças: "Se Jesus Cristo viesse para cá e Judas tivesse a votação num partido qualquer, Jesus teria de chamar Judas para fazer coalizão".

Barbas de molho

Em meio a tanta euforia, a coluna gostaria de lembrar: nesta República, as denúncias de corrupção sempre foram o gatilho para rupturas políticas, deste e do século passado.
A coluna recomenda a Lula botar as barbas de molho.

17 DE MARÇO DE 2010

Uma mulher

Esta coluna já conviveu com inúmeros presidentes. Todos cabras-machos.
E agora vem Lula com a ideia de uma mulher.
Caros leitores, aonde vai parar essa República?

A princesa

É bem verdade que já tivemos a Princesa Isabel. Mas ela era bela, recatada e do lar.
Agora, essa Dilma...

31 DE OUTUBRO DE 2010

Resultado

Deu Dilma.
Venceu com 55.752.529 votos, contra 43.711.388 para Serra.
A coluna faz votos para que sobreviva ao Clube do Bolinha.
A sorte é que tem um cavalheiro como vice: Michel Temer.
Ele fala e escreve em latim. Como a nossa República gosta.

18 DE MARÇO DE 2011

Criatura e criador

Essa Dilma não é boba, não.
Virou a faxineira ética do PT. É hoje mais popular que o criador.
Entendeu que a classe média adora um varre, varre, vassourinha...
Parece que o PT aprendeu com o mensalão.

21 DE MAIO DE 2013

Sabichona

Dilma pode não ser boba. Mas se acha mais sabida do que realmente é.
Agora deu para entender tudo de economia. Quer gastar mais do que Epitácio Pessoa e JK juntos.
Só não vale pedalar, como JK fez na construção de Brasília.

13 DE JUNHO DE 2013

Povo na rua

A coluna anda adoentada. De cama. Mas viu pela TV as ruas cheias de gente protestando.
Estava ali o povo que faltou nos grandes momentos da República, inclusive na proclamação da própria.
E tudo por causa de 20 centavos.

14 DE JUNHO DE 2013

Errata

Não é pelos 20 centavos.
É pelo fim da corrupção, do estado ineficiente, é por mais saúde e educação.
Em resumo: é pelo conjunto da obra dessa República.

2 DE ABRIL DE 2014

Outro Neves

A economia não vai tão bem como na Era Lula.
A novidade desta eleição é outro neto: Aécio.
O avô dele, contemporâneo da coluna, foi aquele ministro da Justiça de Getúlio, que depois virou primeiro-ministro do parlamentarismo com Jango e que morreu quando ia virar presidente.

26 DE OUTUBRO DE 2014

Resultado

Deu Dilma.
E Aécio reclama de fraude.
Uai, esse guri parece estar falando das eleições da Primeira República, quando mulher nem votava.
Agora, elas já podem até ser reeleitas, vejam só.

5 DE FEVEREIRO DE 2015

Dilmices

A coluna, ao longo dos anos, já viu muito presidente dizer besteira e virar piada.
Mas vamos pegar no pé da Dilma. Ela quer estocar vento. Saudar a mandioca. E ainda vê um cachorro oculto atrás de cada criança.
Nem Delfim Moreira, em seus delírios, dobrava tanto a meta de falar frases tão desconexas.

15 DE MARÇO DE 2015

Mais gente na rua

A coluna segue adoentada. De cama.
Mas viu pela TV, de novo, as ruas cheias de gente protestando.
Desta vez, não é por causa dos 20 centavos. É "Fora Dilma".

2 DE ABRIL DE 2015

Tenentismo

Sem surpresa, vemos o ressurgimento do Tenentismo.
A coluna sempre gostou de chamar o movimento de Lava-República.
Mas agora a velha novidade se chama Lava-Jato.

Cara de um...

Pode ser a vista cansada, mas onde a coluna deveria ver a Lava-Jato, enxerga a Lava-República.
A Lava-Jato é composta por jovens idealistas, como os tenentes.
Os procuradores são representantes de uma nova classe média ilustrada, como os tenentes.
Os procuradores combatem as velhas práticas políticas, como os tenentes.
Os procuradores se veem como cruzados em guerra contra a corrupção das oligarquias, como os tenentes.

30 DE JUNHO DE 2015

Errata

Ao contrário do que a coluna afirmou, o PT não aprendeu com o mensalão. O Petrolão é o mar de lama da vez. E o combustível do impeachment.

Brasil grande

A coluna está gagá, mas nem tanto. Ela se lembra das cifras de corrupção do passado, mas nunca viu nada parecido com o que está sendo revelado agora.

Só que...

O PT, agora, diz que impeachment é golpe.
Dona Cassandra avisou.

7 DE DEZEMBRO DE 2015

Verba volant, scripta manent

Os leitores devem estar lembrados de Michel Temer, vice erudito que fala e escreve em latim.
Pois bem. Ele também trai em latim. Mandou uma carta para Dilma anunciando que vai pular a cerca e usou trechos da língua morta.
É uma espécie de carta testamento da relação política de ambos.
Em tempo, Temer escreveu "verba volant, scripta manent". Que significa "as palavras voam, textos permanecem".
Palavras voam. A conferir.

Temer é mesmo um cavalheiro: escreveu uma carta a Dilma avisando que iria traí-la. Com todo o respeito

17 DE ABRIL DE 2016

Resultado

Nossa República volta a ser o Clube do Bolinha.
Dilma foi afastada por 367 votos a favor e 137 contra.

18 DE ABRIL DE 2016

Alô, Tadeu!

Getúlio, Collor e Dilma: três presidentes afastados. Um por suicídio e dois por impeachment.
Todos acusados de liderarem governos mergulhados em mar de lama.
A coluna, que assistiu à queda dos três, pede música no "Fantástico".

1º DE SETEMBRO DE 2016

Esclarecimento

O novo presidente, Michel Temer, de tão formal, parece um contemporâneo da coluna. Mas não é.

As palavras

Os leitores estão lembrados do que ele escreveu para Dilma?
As palavras voam, a escrita fica.

17 DE MAIO DE 2017

As tais palavras

Temer caiu na rede da Lava-República. Justamente porque palavras não voam. Mas podem ficar presas num gravador.

31 DE MARÇO DE 2018

Mais um

O governo Temer é mais um que acaba em vida. Está, também, atolado em denúncias de corrupção. Que República é essa?

7 DE ABRIL DE 2018

Xadrez

Lula não ouviu a coluna. Foi preso. É a segunda vez que um ex-presidente vai em cana.
O primeiro, o marechal Hermes da Fonseca, era acusado de conspirar com os tenentes da Lava-República contra o sistema.
O segundo é acusado pelos procuradores da Lava-Jato de conspirar contra o bolso do contribuinte.

30 DE SETEMBRO DE 2018

Cara de um

A coluna está gagá. Onde vê o ca-

pitão Bolsonaro enxerga o marechal Floriano Peixoto.
Bolsonaro se coloca como um homem do povo e come pão com leite condensado. Floriano pegava bonde e pagava a passagem do próprio bolso.
Bolsonaro não é muito afeito aos salamaleques da diplomacia e até cancelou um encontro com o chanceler francês para cortar o cabelo. Floriano enviou uma ama de leite para receber o embaixador da mesma França.
Bolsonaro vive às turras com a imprensa e o STF. Floriano fazia igual.

28 DE OUTUBRO DE 2018

Resultado

Deu Floriano.
Bolsonaro venceu com 57.797.847 votos, contra 47.040.906 de Haddad.

15 DE NOVEMBRO DE 2018

Nova política

Bolsonaro venceu com o discurso da nova política. A política, que é velha, tem dificuldade de compreender. Afinal, o escolhido é deputado federal do baixo clero há 28 anos e tem três filhos na política.

1º DE JANEIRO DE 2019

Acabou a mamata

O novo governo tomou posse. Chega de mamata!

11 DE JULHO DE 2019

Não acabou a mamata

O presidente insiste em nomear seu filho para o cargo de embaixador do Brasil nos Estados Unidos.
É a diplomamata.

9 DE AGOSTO DE 2019

Economia

Para preservar o meio ambiente, o presidente sugeriu que as pessoas façam cocô dia sim, dia não.
A coluna, velha e adoentada, está surda. Ouve dia sim, dia não. E, neste governo, está achando isso uma dádiva!

21 DE OUTUBRO DE 2019

Modernidade

A coluna sempre relutou, mas, como as mídias sociais foram a vedete da última eleição, a direção do jornal nos obrigou a abrir um perfil nas redes.

Em prol da transparência, seguem alguns comentários de internautas sobre a coluna:

- *"Comunista safado!"*
- *"Fascista safado!"*
- *"Monarquista safado!"*
- *"Fake news! Deodoro proclamou a República. Você só quer desmoralizar instituições valorosas como o Exército brasileiro."*
- *"A coluna foi omissa nas ditaduras. Seus adesistas, que só querem lamber as botas dos milicos!"*
- *"Essa coluna nunca escondeu que quer passar pano no golpe contra a presidenta Dilma."*
- *"Vocês são esquerdopatas! Parem de defender o Lula!"*
- *"A corrupção durante o governo JK jamais foi provada."*
- *"Vocês reduziram a história do grande brigadeiro Eduardo Gomes a um doce. Seus palermas!"*
- *"Onde já se viu comparar Lula com Getúlio? Você é um fascista!"*
- *"Onde já se viu comparar Bolsonaro a Floriano? Seu comunista! Vai pra Cuba!"*
- *"Lacaios do FMI! Fora FMI!"*
- *"Essa coluna é gagá e tem bandido de estimação."*
- *"Em nenhum momento falaram do plano educacional de Brizola. Seus lacerdistas!"*
- *"Vocês reduziram o governador Carlos Lacerda apenas para exaltar o caudilho Brizola. Vergonhoso!"*
- *"Você está a serviço do grande capital. Apoiam a sistemática perseguição das causas populares!"*
- *"A coluna é claramente desarmamentista e financiada pelo George Soros."*
- *"Por que a coluna nunca perguntou cadê o Queiroz?"*
- *"A terra é plana, seu ignorante!"*
- *"Seu coxinha entreguista!"*
- *"Prefeito, recolha essa coluna! Ela é simplesmente pornográfica."*
- *"Foi machista com a presidenta. Machistas não passarão!"*
- *"Quando esse colunista morrer, será um grande dia!"*

15 DE NOVEMBRO DE 2019

Obituário

Cumprimos o doloroso dever de informar que a coluna passou desta para a melhor. A razão do óbito: Dona Cassandra aconselhou que seria mais prudente. Em seu leito de morte, o colunista ainda murmurou: "Sabe que Dom Pedro II não era tão ruim?".

Créditos das imagens

Páginas 18 e 19 – Cédula de 500 cruzeiros com a efígie de Marechal Deodoro. Período de circulação: 08/09/1981 a 30/06/1987.

Página 20 – Família Real Brasileira nas pirâmides de Gizé, no Egito, em 1871, em foto da coleção pessoal de Dom Pedro II.

Página 21 – Charge de Angelo Agostini publicada na revista "Ilustrada", em 1882.

Página 25 – "Proclamação da República", óleo sobre tela de Benedito Calixto, pintado em 1893. Dimensões: 123,5 cm x 198,5cm.

Páginas 26 e 27 – Cédula de cem cruzeiros com a efígie de Marechal Deodoro. Período de circulação: 15/05/1970 a 30/06/1987.

Página 35 – Caricatura de autor desconhecido publicada na revista "Don Quixote", em outubro de 1895.

Páginas 38 e 39 – Cédula de mil réis com a efígie de Campos Salles. Período de circulação: 1923 a 1931.

Página 45 – Charge de Bambino, s/d, publicada na "Revista da Semana".

Página 47 – Charge de Plácido Isasi, publicada no "Jornal do Brasil" em 11 de agosto de 1904.

Página 50 – Ilustração publicada na revista "O Malho", em 1º de junho de 1907.

Página 52 – Ilustração publicada na capa da revista "O Malho", em 19 de novembro de 1910.

Páginas 54 e 55 – Cédula de mil cruzeiros com a efígie do Barão do Rio Branco. Período de circulação: 06/12/1978 a 15/01/1989.

Página 58 – Foto publicada na revista "Fon-Fon", em dezembro de 1913.

Páginas 64 e 65 – Cédula de dez mil cruzeiros com a efígie de Ruy Barbosa. Período de circulação: 01/11/1984 a 15/03/1990.

Página 67 – Santinho da campanha de Ruy Barbosa à presidência em 1919.

Página 69 – Ilustração publicada na capa da revista "Careta", em 26 de abril de 1919.

Página 77 – Tela de autor desconhecido, s/d.

Página 81 – Cartaz da campanha de Júlio Prestes à presidência em 1930.

Páginas 82 e 83 – Cédula de dez cruzeiros com a efígie de Getúlio Vargas. Período de circulação: 24/08/1950 a 30/06/1972.

Página 86 – Foto de Roberto Marinho publicada na primeira página do jornal "O Globo" em 24 de outubro de 1930.

Página 89 – Cartazes de convocação para lutar a favor da Revolução Constitucionalista de 1932.

Página 92 – Propaganda do Estado Novo veiculada em 1938.

Páginas 98 e 99 – Foto de solenidade em abril de 1946.

Páginas 104 e 105 – Cédula de cem mil cruzeiros com a efígie de Juscelino Kubitschek. Período de circulação: 03/10/1985 a 15/03/1990.

Página 109 – Foto feita em 19 de agosto de 1961, em Brasília.

Página 112 – Foto de autor desconhecido, s/d.

Página 115 – Foto publicada na revista "O Cruzeiro", em 19 de agosto de 1961.

Páginas 120 e 121 – Cédula de cinco mil cruzeiros com a efígie de Castelo Branco. Período de circulação: 08/09/1981 a 15/01/1989.

Página 122 – Adesivo da campanha a presidente de Carlos Lacerda em 1965.

Página 125 – Reprodução do "Jornal do Brasil" de 14 de dezembro de 1968.

Página 126 – Reprodução do jornal "O Estado de S. Paulo".

Página 127 – Foto de Guinaldo Nicolaevsky, de 5 de setembro de 1979.

Página 131 – Cartazes de campanha de Lula e Collor para a eleição de 1989.

Página 136 – Anúncio veiculado em revistas em 1993.

Páginas 138 e 139 – Cédula de um real com a efígie simbólica da República, que entrou em circulação em 01/07/1994 e deixou de ser impressa em 2005.

Página 144 – Foto de Antônio Cruz, da Agência Brasil, de 14 de outubro de 2007.

Página 148 – Getúlio: foto de 23 de junho de 1952; Lula: foto de Custódio Coimbra, publicada no jornal "O Globo" em 21 de abril de 2006.

Página 153 – Charge de Renato Machado, publicada no jornal "Extra" em 14 de abril de 2016.

Este livro utilizou as fontes Glosa Text, Helvetica e Bernard.
A impressão foi feita em papel Pólen Bold 90g na gráfica psi7,
em setembro de 2023, quando a República completou 134 anos.